수미, 일미를 만나다

지금까지 우정을 함께 나눈 한국인 친구들에게 이 책을 바칩니다.

수미, 일미를 만나다

수미 런던 (Sumi Loundon)

'부처와 나'- 1997년 학부 때 그렸던 수채화의 일부

클리어마인드
CLEARMIND

3 part 내 생애 가장 찬란한 봄

4 part 성찰로 깊어지는 수행

내 안의 나를 보다

2000년 처음으로 세상이 변하고 있구나 하고 느낀 것은 미국 뉴욕에서 한국으로 가는 비행기 안에서였다. 내 옆 좌석에는 빛나는 십자가 금목걸이를 한 젊은 한국인 여성이 앉아 있었다. 금발에 푸른 눈을 가진 나는 염주를 걸치고 불교에 관한 책을 읽고 있었다. 민족성과 종교 간에 더 이상 경계가 존재하지 않는다는 것을 깨달았다. 이렇게 뒤바뀐 세상에서 우리는 상대방의 체험에 관심을 가짐으로써 우리가 당연한 것으로 간주하는 생각들을 극복하도록 애써야 한다.

나는 한국인이 기독교인이 될 수 있다는 사실이 이해가 가지 않는다. 기독교는 동양적인 세계관이나 한국 문화와는 아주 다른, 백 수십 년 전만 해도 한국인들이 이해할 수 있는 친숙한 것이라고는 하나도 없는 종교였다. 자아와 사회의 본질에 관한 전제는 말할 것도 없고 신학적인 바탕, 성상, 언어도 아주 다르다. 어떻게 해서 한국인들이 기독교와 같은 생소한 종교를 받아들이게 되었을까? 이와 마찬가지로 서구인들이 처음 동양의 불교를 접하게 되었을 때, 불교는 이들에게 아주 생소한 것이었을 것이다. 독특한 복장, 독경과 절, 엄격한 참선 수행, 무상과 무아에 대한 복잡다단한 철학, 환생 사상 등을 가진 불교에 서구인들이 관심을 가지게 되었다는 사실에 놀랄 때가 많다.

내가 어떻게 그처럼 많은 한국인들이 기독교를 종교적인 안식처로 간주하게 되었는지에 의구심을 가지고 있는 것처럼 독자들은 미국인인 내가 어떻게 불교를 종교적인 안식처로 삼게 되었는지 궁금해할 것이다. 이 책은 바로 그런 궁금증, 즉 내가 어떻게 불자가 되었으며, 불교가 내게 어떤 의미인지, 불교가 어떻게 해서 내 삶에 없어서는 안 되는 중요한 부분을 차지하게 되었는지에 관한 이야기이다.

1
part

아름답지만
조금은 슬픈 시절

1979년. 션 센터의 어린이들.
10이 적혀 있는 노란 티셔츠를 입고 있는 아이가 나다.
오른쪽 끝에 있는 아이는 내 동생 카이.

우리 집안의 계보

위의 사진 뒷면에는 '황제의 생일, 1922년 일본 요키치'라고 적혀 있다. 증조할아버지(아버지의 외할아버지)의 사진들을 모아 두고 있던 가방에서 이 사진을 발견했다. 증조할아버지의 이름은 찰스 스미스^{Charles Smith}로 1901년생이다. 손을 주머니에 넣고 있는, 사진 한가운데 있는 분이 증조할아버지이다. 상선의 선원이었던 증조할아버지는 젊은 시절에 아시아의 해안을 두루 여행하였다. 그런데 증조할아버지가 큰 관심을 가졌던 분야는 바로 일본 문화였다. 나중에 증조할머니와 함께 미국 샌프란시스코

증조할아버지와 아버지,
1962년 캘리포니아.

남쪽의 작은 도시에 정착한 증조할아버지는 축음기로 일본 전통음악을
즐겨 들었다고 한다. 외손자인 아버지는 1950년대 후반에서 1960년대
후반에 걸쳐 네 살부터 열세 살까지 증조할아버지 밑에서 자랐다. 그 무
렵 증조할아버지는 선에 관한 책을 읽기 시작했는데 서구인들을 위해 많
은 책을 영어로 펴낸 일본인 불교학자이자 재가불자였던 디 티 스즈끼
(1870~1966)의 저서들을 특히 좋아했다. 스즈끼는 불교의 현대화를 추구하
던 이들과 함께 선을, 기독교를 포함해 종교를 초월하는 것으로 소개했

다. 스즈끼와 다른 학자들에게 있어 선은 철학이자 심리학이자 과학이었다. 증조할아버지는 평생 무신론자였는데, 그래서 미국에 전래된 이런 유형의 선에 큰 관심을 가지게 되었다.

증조할아버지는 참선 수행을 시작했고 외손자에게도 참선 수행을 권했다. 수업을 끝내고 집으로 돌아오면 증조할아버지가 아버지에게 조용히 앉아서 호흡을 백 번까지 세도록 했던 것을 아버지는 아직도 기억한다. 아버지는 백 번의 호흡을 머리가 어지러울 정도로 숨 가쁘게 해내곤 했는데 그러면 증조할아버지는 "숨을 천천히 쉬도록 하라"고 나무라기도 했다. 증조할아버지의 친구분들이 집에 모여 책을 읽고 토론을 할 때면 커튼을 닫곤 해서 이런 모임을 비밀리에 하는 것이라 여겼던 것도 아버지는 기억하고 있다. 이는 그 당시 불교가 대부분의 미국인들에게 있어 주류문화와는 거리가 먼 것이었음을 잘 보여준다.

불행하게도 증조할아버지는 1969년 아버지가 열세 살이었을 때 가벼운 수술의 후유증으로 생긴 감염 때문에 돌아가시고 말았다. 아버지는 외할아버지를 깊이 존경하고 있던 터라 그의 갑작스러운 죽음에 큰 상처를 받았다. 그 후 아버지는 샌프란시스코 북쪽 버클리에 살고 있던 삼촌 댁으로 가 함께 살게 되었다. 1960년대 후반 버클리는 젊은이들이 주도가 되어 전통적인 미국 사회를 반대하고 나선 반체제문화운동의 핵심지

염불을 리드하는 더닐 아모스. 1970년.

중 한 곳이었다. 심리요법의사였던 아버지의 삼촌과 숙모는 이 운동의 멤버였다. 삼촌의 친구들이 여러 주제들 가운데서도 특히 아시아 종교에 관한 토론을 하러 삼촌 집에 많이 모이곤 했다. 이렇게 정기적으로 모임에 참석하던 이들 중 한 명이 흑인과 체로키 인디언의 혈통을 타고난 더닐 아모스Deneal Amos였는데, 지도자적인 자질을 지니고 있던 그는 자신의 진면목을 보게 되는 견성을 체험했다고 주장했다. 더닐은 나중에 아버지의 은사가 되었다.

이야기, 둘

선 센터

선 센터의 두 번째 주택, 1976~1989년 뉴햄프셔 주.

더닐은 현재 미국에서 매우 유명한 선원 중의 하나인 샌프란시스코 선 센터에서 선을 수행했다. 이 선 센터는 순류 스즈끼(1904~1971)라고 하는 일본인 선사가 창립한 것이다. 스즈끼는 미국에 이민 온 일본인 재가불자들을 대상으로 가르침을 펴기 위해 미국에 들어왔는데, 참선에 관심 있는 사람들이 거의 없다는 것을 깨닫게 되었다. 하지만 몇 안 되는 서구인들이 정기적으로 참선을 배우기 위해 선 센터를 찾기 시작했다. 한번은 아

건물 3층과 끝 층에 위치한 명상실. 여성은 왼쪽, 남성은 오른쪽.

버지가 한 일본인 여성에게 참선을 하느냐고 물었더니 그 여성이 "참선은 스님들이나 하는 것!"이라고 했다고 한다.

더닐은 또 샌프란시스코 베이 지역에 살고 있던 중국인 스승으로부터 느릿하게 몸을 움직여 운동하는 '태극권'이라고 하는 권법을 배웠다. 더닐은 10대였던 아버지를 포함해 소그룹의 대학생들을 모아 마음을 다스리는 참선과 몸을 다스리는 중국식 태극권을 같이 가르치기 시작했다. 그당시 참선을 가르치는 법사들 중에 정신적인 것에 관심을 기울이는 것과 같이 신체에도 동등한 관심을 기울이는 이는 거의 없었다. 1970년대 초반, 더닐은 서부 해안에 있던 선 공동체(선 센터)를 미대륙 반대편의 동부 해안으로 옮기기로 결정했다. 그는 샌프란시스코 베이 지역이 이미 종교계 지도자들로 넘쳐 나고 회원을 모집하는 데 있어 경쟁이 심하다고 생각했기 때문이었다.

더닐은 선 센터를 위해 버몬트 주의 시골 길가에 있는 작은 주택을 구입했다. 아버지는 티셔츠를 입은 채(캘리포니아는 날씨가 따뜻했다) 비행기에서 내려 생전 처음으로 혹독한 추위와 눈을 체험했다고 한다. 버몬트로 옮겨 간 지 얼마 되지 않아 더닐은 지방 대학에서 태극권을 가르치기 시작했는데 어머니는 그 대학의 신입생이었다. 어머니는 하루는 더닐과 그의 아내가 함께 공연하는 태극권을 보러 갔다가 태극권 동작의 아름다움과 조화로움에 감동받아 태극권과 참선을 배우기 위해 선 센터에 정기적으로 나가기 시작했다. 외조부모님은 미심쩍은 선 센터에 딸이 참여하고 있다는 것을 달가워하지 않았지만 진보적인 생각을 지닌 분들이라 제 나름대로 자신의 종교를 찾으려는 딸의 결정에 참견하기를 원치 않았다. 하지만 선 센터가 회원의 부모들과 몇몇 선 센터의 방침에 이의를 제기하는 사람들에게 다소 냉담하게 대했기 때문에 어머니의 부모님은 이들의 배타성에 대해서는 걱정하지 않을 수 없었다.

어머니는 아버지를 선 센터에서 만났는데, 아버지의 열정적인 바이올린 연주에 매혹되어 사랑에 빠졌고 둘은 곧 약혼하게 되었다. 우리 할아버지와 외할아버지는 두 분 다 유대인이었다. 1900년대 초 두 할아버지의

17~18세 무렵의 아버지.

부모님의 결혼식, 1974년.

아버지가 우크라이나에서 미국으로 이민을 왔다. 그래서 나는 문화나 민족성으로 따져 보면 반은 유대인이다. 1974년 7월 19일, 부모님은 시청에서 법률상의 결혼식을 올렸고, 이튿날 더닐을 주례로 모시고 선 센터에서 식을 올렸다. 어머니의 말에 따르면 다소 불교적인 예식이었는데 아마 독경도 하고 절도 했을 것이다. 더닐이 "신랑의 업業을 받아들일 것을 서약합니까?"라고 물었을 때 주저했던 것을 어머니는 기억하고 있다.

10개월 후인 1975년 5월에 내가 태어났다. 내가 태어나고 몇 시간 뒤에 아버지는 힌두교의 성전인 바가바드기타의 일부를 내게 읽어 주셨는데, 내 마음에 처음부터 건전한 생각을 심어 주기 위해서였다고 한다. 아버지는 한 달이 지나서야 내 이름을 지어 주셨는데 내가 어떤 성품을 지녔는지 알아보기 위해서였다고 했다. 부모님은 작명책에서 본 '수미Sumi'라는 이름을 마음에 들어 했는데, 그 책에 따르면 수미는 일본말로 수묵화sumi-e에 쓰이는 검은 잉크라고 했다.

선 센터의 회원 수가 증가하자 버몬트 시골 집은 이들을 수용하기에는 너무 작았다. 다행히 신탁 기금을 소유하고 있던 신규 회원 한 사람이 그 기금으로 42개의 방이 딸린 4층 건물을 샀는데 그 건물에는 몇 에이커에 이르는 넓은 토지와 뉴햄프셔 주 경계에 있는 맑고도 푸른 호수로 이어지는 사과 과수원이 딸려 있었다. 하지만 1970년대의 부동산 경기 침체로 인해, 그 건물을 구입하는 데 규모에 비해 큰돈이 들지는 않았다. 1700년대에 그 건물은 여행객들이 머무는 여관이었고, 후에는 남자 아이들을 위한 학교로 사용되었는데 건물이 아주 낡아서 아버지를 비롯한 선 센터의 젊은이들은 건물 수리하는 일을 열심히 했다. 아버지는 그 지역에서 가장 큰 박쥐 무리가 살고 있던 다락방을 무서워했다고 한다.

한번은 더닐이 아버지에게 차고를 만들어 달라는 부탁을 했다. 한번도 무엇을 만들어 본 적이 없었던 아버지였는데, 나중에 그 건물을 구입한 집주인이 얘기했듯이, 해체하기 불가능할 정도로 튼튼한 차고를 지은 것을 보면 할아버지의 재능을 타고난 것이 분명하다.

선 센터 회원들은 깨달음을 추구하는 데 열의를 쏟았다. 이들은 일생에 있어 열반을 추구하는 것보다 더 중요한 것은 있을 수 없다는 생각으로 전력을 다했다. 그런데 부모님은 스스로를 불자라고 생각하지는 않았다. 증조부 세대와 마찬가지로 부처의 가르침을 종교라기보다는 철학이나 심리학으로 간주했다. 그렇지만 이와 동시에 부모님은 불교에 취미 삼아 손을 대 보는 것이 아니라 불교를 전적인 생활방식으로 생각했다. 그리고 철저하게 이런 삶을 살기 위해 부모님과 친구들은 선 센터를 재창조하는 데 힘썼다.

그렇다면 선원과 유사한 이런 선 공동체 생활은 어떤 생활일까? 모두들 가진 돈이 별로 없었으므로 우리들의 수행자적인 생활방식은 단순함을 요구하는 선에 아주 적격이었다. 음식은 소박했고 옷은 어린 아이들이 큰 아이들로부터 물려받아 입었고 장난감도 같이 나누었다. 이런 생활을 통해 나는 가진 것이 없어도 행복할 수 있다는 것을 배웠다. 물질적인 것을 적게 소유할수록 우리는 삶이 제공하는 단순한 기쁨을 더 많이 즐길 수 있게 된다. 어려서부터 나는 옷이나 머리 스타일, 또는 개인적으로 선호하는 것들을 통해 내가 누구인가가 규정되는 것이 아니라 조심스러운 행동, 봉사, 자비심 등을 통해 공동체에 공헌함으로써 내가 어떤 사람인지가 분명히 드러나게 된다고 배웠다.

일곱 살 이하의 아이들을 제외하고는 모두 새벽 5시에 일어나 40분간 참선하는, 사찰과 별로 다를 바 없는 일정을 똑같이 따라야 했다. 그러고는 절을 하고 일본어로 된 반야심경을 읽고, 뒤이어 성스러운 힌두교의 종자 만트라인 '옴'을 외웠다. 아침 6시부터 45분간 태극권을 하고 아침을 먹고 나머지 하루는 일하는 것으로 보냈다. 여자들은 여름에 큰 채소밭을 가꾸고 모든 집안일을 맡아 했으며, 남자들은 낡은 집을 관리하는 일을 주로 했다. 저녁 시간에 어른들은 무집, 무아, 열반에 관해 장시간 토론을 하곤 했다.

내가 일곱 살이 되었을 때, 선방 내 여자들이 앉는 자리에 내 자리를 가

아이들과 어른들이 태극권을 하는 모습. 네 살인 나는 오른쪽 맨 끝에 있다.

1977년 선 센터에서 회원들과 함께. 아래 줄 한가운데에 있는 여자아이가 나다.

정원을 돌보고 있는 어머니(가운데)와 선 센터 회원들.

수행기간 중 공양하기 전에 염불하는 모습.

지게 된 것을 생생하게 기억한다. 나는 그때부터 새벽 5시 30분에 일어나 어른들과 함께 참선을 해야 했다. 나는 그렇게, 아직도 깜깜한 이른 아침에 일어나거나, 벽을 마주하고 호흡하는 데만 정신을 집중해야 하는 것에 대해 아무런 불평을 하지 않았다. 선 센터의 모든 사람들이 그렇게 했기 때문이었다. 책임자인 어른 두 명과 내 부모님은 물론 선 센터의 모든 사람들이 각자에게 배당된 일을 하고 주변을 청결히 하는 것과 같은 수많은 일을 하면서 함께 내가 일정을 따르도록 살펴 주었다. 이것은 바로 어린이들이 불교를 배우는 데 있어 공동체 생활이 얼마나 중요한가를 보여주는 것이다.

아침 참선을 하는 동안 내가 호흡에 집중할 수 있는 시간은 겨우 1분 정도였다. 나머지 시간은 눈앞에 얼마나 많은 다양한 색을 지닌 점들이 나타나는지를 보려고 눈을 재빨리 깜빡거리면서 허비하곤 했다. 지루할 때도 있었지만 나는 이런 고요함과 정적에 전념하는 시간을 좋아했다. 향냄새, 제단에 켜져 있는 촛불, 불상의 온화한 미소, 그리고 반야심경을 읽는 소리가 내 마음을 리듬과 소리로 가득 채워 주었다. 선방의 이런 모습들이 성스러운 분위기를 자아내었다. 내가 부모님의 불교를 감각, 예술, 음악, 냄새, 음식, 그리고 이야기를 통해 연상한다는 것을 이제야 알게 되었다.

우리는 한국 불교에서도 볼 수 있는 다소 복잡한 격식을 갖춘 일본 불교를 따랐다. 한 예로, 우리는 선방에 들어가는 예법을 배워야 했다. 내 기억으로 그 예법은 다음과 같다. 선방을 향해 절한다. 왼발을 먼저 들여 놓고 안으로 들어간다. 먼저 제단을 향해 절을 하고, 남자들이 앉는 자리를 향해 절을 하고, 다음으로 여자들이 앉는 자리를 향해 절을 한다. 왼쪽으로 돌아서…… 마침내 참선을 하기 위해 자리를 잡고 방석에 앉을 때까지 이런 일련의 절차를 거쳐야 했다. 어린아이였던 내게 있어 이런 훈련은 복종을 가르치는 것이 아니었다. 이런 예법을 따르는 것은 평정과 균형을 창조하는 안무처럼 느껴졌다. 일곱 살 때 마루에서 오체투지하는 법을 배운 기억이 나는데 그 이후로 나는 절을 간간이 해 왔다. 지금도 절을 할 때면 그때 배운 것이 몸에 배어 아주 자연스럽고도 편안하게 느껴진다. 힘든 날에는 절이 귀의처가 되어 준다.

선 센터의 아이들은 선 센터의 일을 도와야 했다. 어른들이 하루 종일 좌선과 행선 수행을 하는 용맹정진 기간에 다른 아이 한 명과 함께 점심 때 좌선하는 자리에 앉아 있는 어른들의 그릇에 국을 떠 주던 것이 기억난다. 설거지를 하거나 스무 명이나 되는 사람들을 위해 식탁을 차리기도 했고 옷을 개기도 했다. 신문 뭉치와 테이프를 가지고 방석을 만드는 데 손을 보태기도 했다. 이런 일들을 맡아 함으로써 나는 내가 선 센터의 중요한 일원이라는 생각을 하게 되었다.

금요일 저녁 음악 수행. 나의 어머니가 피아노를 선 센터에 기증했는데,
선 센터에서는 매년 크리스마스 음악회를 개최했다.

돌이켜 보면, 일본 선 불교를 따른다고 했지만 우리 선 센터는 실제로
는 동양 종교와 서양 종교를 종합한 수행을 했다. 일본 선승들이 힌두교
의 '옴'을 외우고 중국식 태극권을 하고 성가를 부르면서 크리스마스를
기념하지는 않을 것이다. 어떤 면에서는 선 센터가 가능한 한 전통에 가
깝도록 애를 썼지만 실제로는 새로운 전통을 창출해 내고 있었다.

선 센터의 활동 중 가장 특이한 것은 더닐이 시작한 선 농구라고 하는
새로운 형식의 운동이었다. 일본에 있는 사찰에서는 선 농구라고 하는 운
동을 찾아볼 수 없을 터이니, 이는 그야말로 미국적인 개조물이다. 운동
하는 중에도 명상하는 마음 상태를 지닐 수 있다는 것이다. 지금은 이런

선 농구. 링 뒤쪽에 보이는 벌판은 아름다운 작은 호숫가로 이어져 있다.

경지를 '의식의 몰입the zone' 또는 '유동flow' 상태라고 한다. 경기와 동료 선수들과 내가 완벽한 일체가 되고, 내 세상의 통치자로 현재 순간에 완전히 몰입해 있는 상태이다. 예술가나 음악가 또는 운동선수들은 이런 경지를 직접 체험해 보았을 것이다. 그 당시 더닐은 몰랐지만, 20년 후 미국의 유명한 농구코치인 필 잭슨Phil Jackson과 농구선수 마이클 조던Michael Jordan의 농구에서의 선zen of basketball을 더닐은 예견하고 있었던 것이다. 어른들은 저녁을 먹기 전에 건물 뒤 주차장에서 매일 한 시간 반씩 남녀가 함께 하는 선 농구 시합을 했다.

이 시절에 부모님은 돈을 많이 벌지는 못했지만 선 센터를 후원하기 위해 일하면서 동시에 대학 학위를 따기 위해 수업을 들었다. 아버지는 배관공, 난로수선공으로 일했는데 아버지가 좋아해서가 아니라 더닐이 손을 쓰는 일이 사람을 겸손하게 만들어 주고 깨달음을 얻을 수 있게 해 준다고 했기 때문이었다. 더닐은 아버지가 학생 때 대단한 역량을 보여주었던 바이올린이나 수학 분야로 나가는 것을 말렸다.

1980년대 초반, 20대였던 부모님은 이미 네 명의 자녀를 두고 있었는데 그 무렵 선 센터에 영구히 정착해 사는 것에 대해 회의를 느끼기 시작했다. 더닐이 대부분 자기보다 어린 20세 이상의 선 센터 회원들을 어떻게 통제하고 조종하는지를 알게 되었기 때문이다. 부모님은 좀 더 독자적인 생각을 하기 시작했다. 아버지는 더닐과 논쟁을 벌이고 왜 돈을 모두 선 센터에 기부해야 하는지 그리고 그 돈을 어디에 썼는지를 캐묻기 시작했다. 그러다 아버지가 더 이상 용납할 수 없는 일이 발생했다. 하루는 더닐이 낡은 집 난로가 고장 나서 고쳐야 하는데 700달러가 든다고 아버지에게 토로했다. 그 당시 700달러는 큰돈이었고 마침 아버지가 저축해 놓은 돈 전액이었다. 아버지는 그 돈을 더닐에게 주었는데, 한 달쯤 후에 더닐의 두 아들 보디와 혜능이 선 센터에서 몇 마일 떨어져 있는, 그 지역에서 유명한 사립학교에 등록을 하게 되었다. 더닐이 선 센터 가족에게는 아이들을 공립학교에 보내야 한다고 했기 때문에 아버지는 이에 무척 화가 났다. 게다가 나도 더닐의 아이들 못지않게 재주가 있고 장래가 촉망되는 학생이었는데 더닐의 아이들만 최상의 교육을 받고 있었던 것이다. 더닐의 두 아들 사립학교 등록에 든 납입금이 난로 수리에 든다고 했던 700달러에 가까운 금액이었다는 것을 알게 된 아버지는 인내가 한계에 다다르게 되었다.

상황은 이 이야기보다 더 복잡했을 것이고 아버지와 다른 회원들이 선 센터를 떠나게 된 데는 다른 이유도 있었을 것이지만 어떻든 아버지는 떠나기로 하였다. 아버지가 선 센터를 떠날 때 어머니는 아버지를 따를 수밖에 없었다. 그런데 부모님은 멀리 가지 않았다. 선 센터에서 1마일 정도 떨어진 곳에 작은 집을 세냈다. 아버지가 호텔에서 접시 닦는 일을 하는 동안 어머니는 선 센터 활동에 계속 참여했다. 그러나 작은 집에서의 생활은 행복하지 않았다. 아버지는 자주 감당할 수 없을 정도로 화를 냈고 소소한 일에 이르기까지 일상의 모든 것을 통제하려고 했다. 어머니는 아버지와 별거해야겠다고 마음먹었지만 내놓고 할 수가 없었다.

후에 부모님은 선 센터에서의 생활을 회상할 때면 선에 대한 가르침과 일본 선이 곡해되고 남용되었음을 지적하면서 착잡한 감정을 토로하기도 하였다. 젊은 청년들은 자아를 극복하게 한다는 명목 아래 더닐로부터 가혹한 대우를 받았다. 장시간에 걸친 그룹치료 모임에서 학생들은 사람들 앞에서 자신의 잘못을 고백해야 했고, 여자들은 남자보다 못한 존재라 해서 일상적으로 창피를 당했다. 아주 예의 바른 아이들조차 버릇없는 것으로 간주되어 여자들과 마찬가지로 대중 앞에서 벌을 받았다.

부모님은 순진하고 어린 나이에 선 센터에 가입했고 무의식적으로 아버지를 대신할 수 있는 존재를 찾고 있었다는 것을 깨닫게 되었다. 아버지의 경우 외할아버지를 잃게 되자 외할아버지와 같은 존재에 대한 욕구가 더욱 간절해졌을 것이다. 어머니의 부모님은, 어머니가 10대였을 때 어머니의 언니인 켈리가 암으로 죽자 우울증에 빠져 세상을 멀리했다. 선 센터는, 문제가 있었음에도 불구하고 깨달음이라는 매력적인 가치의 가르침을 주었고 주거지 및 공동체의 생활을 제공해 주었다.

그렇지만 어떻게 아이를 키우면서 동시에 열반을 추구할 수 있을까? 교육, 만족스러운 직장, 자산과 같은 현실적으로 필요한 것에도 주의를 기울여야 했다. 부모님은 결국 반 수도승의 생활과 반 세속적인 생활에 양다리를 걸치고 있던 부모님 세대의 많은 서구 불자들과 다를 바가 없었다. 부정적인 면을 보자면, 열반을 구하는 데 있어 모든 것에 대한 집착을 버리지 못했고 좋은 부모가 되지도 못했다. 긍정적인 면은, 나에게 어린 나이에 집중적인 종교 수행을 체험하게 했다는 것이다. 단순하고도 평화로운 삶을 지향하는 나의 성향은 그 후 오래도록 지속되었다.

1983년 후반.
우리가 선 센터를 떠나기 몇 달 전에 찍은 나와 내 동생들.

이야기, 셋

선 센터를 떠나 새로운 세상으로

1984년 1월, 내가 여덟 살 반이었을 때 어머니는 아버지, 선 센터, 그리고 지금까지 살아온 생활방식을 떠날 준비가 되었다. 어머니는 스물여덟 살에 네 명의 어린 아이를 거느리고 있었다. 1월 11일 아침, 어머니가 선 센터에서 멀지 않은 직장으로 출근하기 전까지 우리 가족의 일상에는 아무 변화가 없었다. 어머니는 출근하기 직전에 우리 셋(막내 동생은 당시 아기였다)에게 이상한 이야기를 했다. 어머니는 "학교 버스를 타거라. 그리고 선 센터에 도착하면 버스에서 내려 엄마를 찾아오너라"라고 했다. 식당에서 밤일을 마치고 돌아온 아버지는 잠을 자러 갔고 우리는 밖으로 나가 버스를 기다렸다. 회색 하늘에 눈이 내리는 몹시 추운 아침이었다. 버스가 오자 우리는 버스의 온기에 고마워하며 버스에 올라탔다. 버스는 다음 정류장인 선 센터 앞에 정차했지만 우리는 어머니가 한 말을 이해하지 못했던 터라 이를 까마득히 잊어버리고 있었다. 선 센터의 아이들이 버스에 탔고 우리는 친구들을 보고 좋아했다. 그런데 어머니와 몇 명의 여자들이 선 센터에서 달려와서는 기사에게 아이들을 내려 달라고 했다. 우리는 왜 그날 학교에 가지 않는지를 궁금해하면서 큰 선 센터 건물로 들어갔다.

  어머니는 우리를 앉혀 놓고는 꼭 껴안았다. 눈물을 흘리면서 어머니는 버스를 타고 세 시간 정도 걸리는 외할머니 댁에 간다고 했다. 어머니는 아버지와 잠시 떨어져 있을 텐데 오랫동안 떨어져 있을지도 모른다고 했다. 우리가 다시 선 센터로 돌아올 것이냐고 묻자 어머니는 모른다고 대답했다. 나는 몹시 불안해서 집으로 뛰어가 아버지에게 무슨 일이 벌어지고 있는지 알릴까 생각도 했다. 아버지가 무섭기는 했지만 그래도 나는 아버지를 사랑했다. 그렇지만 그래서는 안 된다는 생각이 들어 어머니와 함께 있었다. 내가 사랑하게 된 집과 선 센터의 사람들을 다시는 보지 못할지도 모른다는 생각이 들었다. 어머니는 한 시간 반 후에 떠날 것이니 가능한 한 많은 사람들에게 작별 인사를 하라고 했다.

마치 꿈을 꾸고 있는 것처럼 머리가 어지러웠다. 나는 매리, 베찌, 존, 린다, 피터, 바니 등 어려서부터 알고 지내온 선 센터의 사람들을 찾으려고 건물 주위로 달려갔다. 이들을 끌어안고 작별 인사를 했다. 그리고 선 센터를 잊어버리지 않도록 소소한 것까지 다 기억하려고 방이란 방은 다 들여다보았다. 한 시간 후에 어머니와 나 그리고 세 명의 동생은 버스를 타고 외할머니의 집을 향해 고속도로를 달리고 있었다.

이야기, 넷

아버지와 함께한 유년

외할머니의 집에서 중류층의 생활방식을 접하게 된 나는 문화적인 충격을 체험했다. 선 센터에서는 장난감과 음식은 물론 시간과 공간도 다른 사람들과 함께해야 했는데 여기서는 모든 것을 내 마음대로 할 수 있었다. 나는 교회에 나가고 장시간 텔레비전을 보고 혼자서 많은 시간을 보내었다. 아버지와 어머니가 법정에서 양육권을 놓고 다투는 동안 나는 불교와 그간 수행해 온 것들을 완전히 잊어버렸다. 아버지는 뉴햄프셔를 떠나 우리가 살고 있는 도시로 이사를 왔다.

그 당시 아버지는 격렬한 성격도 가라앉아 있었고 아이들을 키우는 방식도 어느 정도 정상으로 돌아와 있었다. 주말에 우리는 아버지의 작은 아파트에 가서 하이킹을 가고 요가를 하고 게임을 하고 텔레비전을 보았는데, 아직도 그 시기에 있었던 두 가지 일을 생생하게 기억하고 있다.

우리는 아버지에게서 우리를 영원히 충족시켜 줄 수 있는 것은 물건이든 사람이든 사건이든 아무 것도 없다고 이전부터 배웠다. 아버지는 우리가 언제나 불만에 차 있고 늘 욕구를 채우려 한다고 했다. 어느 날 오

아버지와 함께 산 지 6개월째 되던 1987년,
동생 카이와 나.

후, 이완체위법인 사바사나^{sarvasana}를 마지막으로 우리는 요가 운동을 마
쳤다. 45분간 몸을 쭉 펴고 마루에 누워 휴식을 취하면 정말 기분이 좋아
지는데, 내가 제일 좋아하는 요가 체위이기도 했다.

그런데 그렇게 누워 있는데 전화가 왔다. 전화를 받은 아버지는 "금방
돌아올 테니 계속 휴식을 취하고 있거라"라고 말하고는 밖으로 나갔다.
20분이 지났는데도 아버지는 돌아오지 않았고 편안했던 체위가 점차 불
편하게 느껴지기 시작했다. 움직이고 싶었지만 감히 아버지 말을 거역할

수 없었다. 동생들은 제발 일어나게 해 달라고 졸랐지만 아버지가 누워 휴식을 취하고 있으라고 한 것을 상기시켰다. (당시 나는 아홉 살 아니면 열 살이었을 것이다.)

40분이 지나도 아버지는 모습을 보이지 않았고, 불편했던 것이 이제는 고통스럽기까지 했다. 아무 것도, 가장 편안했던 것조차도 지속적으로 편안함을 주지는 못한다는 것을, 그 순간 깨달았다. 다행히 아버지는 몇 분 후에 돌아왔는데, 우리가 아직도 같은 동작을 취하고 있는 것을 보고는 놀라워했다. 그때, 움직일 수 있게 되어 얼마나 좋았는지 모른다.

한번은 아버지가 사물을 체험하는 데 있어 마음이 이에 끼치는 영향에 대해 우리들에게 가르쳐 주기로 했다. 아버지는 "춥다고 하는 것은 체험에 우리가 부여한 이름일 뿐이다. 우리가 실제로 체험하는 것은 그게 아니다"라고 했다. 동생들과 나는 무슨 일이 일어날까 몹시 걱정이 되었다. 늦은 오후였는데 그날은 온종일 눈이 내리고 있었다. 아버지는 "맨발로 눈길을 한번 걸어 보자. '춥다'는 이름을 부여하지 않는다면 어떤 체험을 하게 되는지 보자"라고 했다. 나는 속으로 '말도 안 되는 소리'라고 하면서 옷을 챙겨 입고 양말을 벗고는 밖으로 나가 눈에 발을 디뎠다. 처음에는 따뜻한 내 발이 눈을 녹이면서 짜릿짜릿하고 상쾌한 느낌이 들었다. 그런데 1분이 채 못 되어 혹독한 찬 기운과 연약한 아홉 살짜리 아이의 발바닥을 바늘로 찌르는 것 같은 느낌으로, 아픔으로 바뀌었다. 아버지가 다시 큰 원을 따라 걷기 시작했는데 그러려면 5분 이상 걸릴 것이 분명했다. 마음을 조절해 아픔을 제어하려 애쓸 수밖에 다른 도리가 없었다. 몇 분 후에 나는 '춥다'는 말을 접어두고 발과 눈이 접촉하는 모든 양상을 관찰하는 심적인 경지에 들게 되었는데, 그때의 체험은 좋은 것도 나쁜 것도 아니었다.

3년 동안 어머니와 함께 살고 있었는데 네 자녀의 양육권을 나누라는 법원 판결이 났다. 남동생 카이^{Kai}와 나는 아버지와 살게 되었고 어머니는 두 동생 오리온^{Orion}과 이사^{Isa}를 키우게 되었다. 내가 열한 살 때 아버지 집에 도착하자 아버지는 "이곳은 집이 아니라 훈련소다. 살아가면서 접하는 모든 상황들에 대처할 수 있도록 훈련을 시킬 것이다"라고 했다. 선 센터에서처럼 우리는 수도원이나 군대에서와 같은 생활을 했다. 아파트에는 가구가 거의 없었다. 아버지의 주된 수행이 요가였기 때문에 동생과 나는 매일 아침 5시에 일어나 학교 가기 전에 하타 요가를 하고 호흡법을 익혔다. 집에 와서는, 아버지가 선 센터에서 전문적인 자질을 펴지 못하고 허비한 시간들을 만회하기 위해 일하는 동안 내가 요리를 하고 동생을 보살폈다. 돈 문제도 내가 관리했고, 청구서 처리도 내가 했고, 보험료가 잘못 부과되었을 때 보험회사에 전화하는 것도 내가 했고, 병원

진료 예약도 내가 했으며, 매년 준비하는 세금 보고서도 내가 만들었다. 주말에는 쇼핑, 빨래, 집안 청소를 했는데 두 동생이 아버지를 보러 오면 동생들을 목욕시키고 옷을 챙겨 입히고 잠을 재우고 밥을 해 주고 어린 여동생을 잠들 때까지 안아 주기도 했다.

우리가 생존할 수 있도록 강인하게 만든다는 의도를 실현하기 위해 아버지는 우리들에게 극기 훈련을 시켰다. 여름날 오후에, 한번은 여동생을 임시로 만든 들것에 태우고 먼 길을 걸어야 했다. 처음에는 무겁지 않더니 갈수록 어찌나 무거워지는지 1마일도 못 가서 모두 어깨가 아팠다. 날씨가 더운 데다 갈증에도 시달렸다. 그러나 그맘때쯤 나는 이런 훈련이 육체적이라기보다는 정신적인 힘에 관한 것임을 이해했다. 아버지는 또 알고리즘, 귀납법, 그리고(아버지가 야간 수업에서 듣는) 컴퓨터 프로그래밍의 개념뿐만 아니라 불 대수, 미적분학(내가 6학년이었을 때다), 해부학, 암기법, 음악, 배관설비, 시간과 운동의 효율, 소크라테스 철학과 논쟁, 수경 재배법 등도 우리들에게 가르쳤다.

어느 날 오후 두 동생이 아버지를 보러 왔는데 아버지가 "우리 시합하자. 1분 안에 누가 가장 많은 소리를 들을 수 있을까? 가장 많은 소리를 듣는 사람이 이기는 거다"라고 제안했다. 나는 정신을 집중해서 소리를 들었는데 적어도 아홉 가지의 소리를 식별할 수 있었다. 어떤 소리는 길

저편 먼 곳에서 오는 것이었고 어떤 소리는 내 숨소리처럼 가까운 데서 들렸다. 이 시합을 하는 동안, 우리가 주의를 기울이지 않기 때문에 체험하지 못하는 것이 많다는 것을 깨닫게 되었다. 반대로 주의를 기울임으로써 이 순간 우리의 체험이 얼마나 풍부해지는지를 깨닫게 되었다.

우리는 가진 돈이 별로 없었다. 언젠가 한번은 금요일 저녁에 99센트짜리 영화를 보러 가려고 1센트짜리 동전을 찾아 차를 샅샅이 뒤지기도 했다. 나는 싼 신발 한 켤레로 일 년을 났다. 한 해는 맞는 바지가 두 개밖에 없어서 하루 걸러 같은 바지를 입게 되어 무척 창피했다.

집에서의 생활이 너무 재미없었기 때문에 나는 학교에서 공부를 무척 잘했는데 특히 미술을 좋아했으며 선생님들과도 가깝게 지냈다. 나는 옷이나 머리 스타일은 허름했지만 학교에서 매우 인기 있는 여학생이었는데, 남들에 대해 험담하지 말고 모든 사람에게 똑같이 친절하라는 아버지와의 약속 두 가지를 잘 지킨 덕분이었다. 난 이 규칙을 따라야 한다는 게 불만스러웠지만, 그 때문에 축구선수는 물론이고 책벌레들과도 친구가 될 수 있었다. 나는 드레스를 빌려 입고 다른 동네 출신 남자친구와 학년말 무도회에 가기는 했지만 파티에 가거나 데이트를 할 수는 없었다. 지금 돌이켜 보면, 그 때문에 우리가 살던 작은 동네에서 구설에 오르지 않았던 것 같다.

아버지는 어머니가 우리를 설득해서 어머니와 함께 살자고 하지 않을까 두려워서 우리로 하여금 어머니를 만나지 못하게 했다. 어머니가 보낸 편지를 찢어 버리고, 행여나 우리가 어머니와 통화할까 봐 전화벨이 울리면 언제나 아버지가 전화를 받았다. 이런 상황에서 심리적으로 살아남기 위해 카이와 나는 어머니에게 반감을 가지게 되었고, 사실은 그렇지 않은데도 나쁜 어머니라고 믿게 되었다. 어머니가 옆 동네에 살고 있는데도 어머니와 연락하기를 거부했다. 어머니가 곁에 없었기 때문에, 머리와 옷을 매만지는 것에서부터 무슨 뜻인지도 모르는 숫자와 알파벳으로 쓰인 사이즈 중에서 내 몸에 맞는 브래지어를 고르기까지, 여성으로 성장하는 데 따르는 문제들을 나 혼자서 해결해야 했다.

아버지는 소프트웨어 회사에서 컴퓨터 수리공으로 일했는데 회사가 투자를 잘못하는 바람에 일자리를 잃게 되었다. 아버지는 집에서 개인사업을 하기로 했는데 회사 이름을 아버지가 좋아하던 텔레비전 프로그램 제목이었던 '스타 트랙'을 변형해 '스타테크'로 지었다. 남동생은 아버지를 도와 컴퓨터 칩을 땜질하고 새로 장치하는 것은 물론 컴퓨터를 진단하고 수리하는 일도 했다. 모든 서류, 계산서, 예약, 재정 문제는 내가 맡아서 했다.

아버지는 물질지향적인 삶에 대해 철저하게 반대했는데 미국의 소비주의가 개인이나 사회에 전혀 도움이 되지 않는다고 믿었기 때문이었다. 아버지는 고통의 근원은 물질에 대한 집착 때문이고, 적게 소유할수록 더 행복하다고 가르쳤다. 그 결과 우리는 없어서는 안 되는 생필품만을 구입했는데, 그 대부분은 중고품 할인점에서 산 것들이었다. 내가 매우 아끼던 것 하나는 태엽을 감으면 음악이 나오는 작은 보석함이었다. 그 보석함은 내가 선 센터에 있을 때부터 가지고 있던 것으로 정말 예뻤다. 한번은 내가 얼마나 이 보석함을 좋아하고 아끼는지 아버지에게 얘기했는데 아버지는 내가 보석함에 너무 집착하고 있다며 내 보석함을 없애 버렸다.

아버지는 심리적 또는 감정적인 문제로 어려움을 겪었다. 우리는 언제 아버지가 화를 낼지 종잡을 수 없었다. 어떤 때는 부모들이 화를 내기 마련인 거짓말 같은 것 때문에 화를 내기도 했고, 또 어떤 때는 그릇을 제대로 닦지 못했다는 사소한 것 때문에 화를 내기도 했다. 아버지는 자주 "세부적인 것에도 주의를 기울일 것!"을 명령하고는 우리에게 해야 할 일들을 적어 놓은 체크 목록을 따르게 했다. 잘못을 저지르면 두세 시간에 걸친 아버지의 훈계를 들어야 했는데 어떤 때는 심한 벌을 받기도 했다. 가끔 상황이 과격해진 적도 있었다. 나는 도망갈까 생각도 했지만 동생 카이를 두고 갈 수 없었고 먹고 살기 위해서는 일거리를 찾아야 한다는 사실도 깨닫게 되었다. 어린 10대의 아이를 고용하는 것이 불법일 수 있고 신문 배달과 같이 내가 구할 수 있는 일거리로는 집세를 낼 만큼 돈을 벌 수도 없을 것이기 때문에 나는 대학에 갈 때까지 아버지와 함께 사는 수밖에 없다고 결론지었다.

이때의 어려움에도 불구하고 또는 그 어려움 덕분이라고도 할 수 있는데, 나는 봄에 피어나는 꽃이나 터틀즈^{Turtles}의 '해피 투게더^{Happy Together}' 등 라디오에서 흘러나오는 노래와 같은 단순한 것에서 기쁨을 찾을 수 있었다. 아버지가 규율에 아주 엄격한 분이었고 우리들에게 너무 많은 것을 기대했고 우리가 예측할 수 없는 아버지의 행동에 스트레스를 받고 두려움을 겪기는 했지만, 지금 내가 지니고 있는 가치관과 수많은 중요한 가르침을 내게 심어 주었음을 인정하지 않을 수 없다. 독자들은 총명하고 빈틈없는 부모이자 무서운 독재자이기도 했던 우리 아버지가 어떤 사람인지 이해하기 어려울 것이다. 시간이 지나면서 나는 아버지가 다른 사람들과 크게 다를 바가 없다는 것을 깨닫게 되었다. 좋은 면과 대하기 어려운 측면이 있다는 점에서 말이다. 아버지의 경우 이 두 측면이 좀 더 극단적이었을 뿐이다. 성숙하다는 것은 사람들이 장점과 단점을 지니고 있음을 이해하고 이를 있는 그대로 받아들일 수 있는 능력을 갖추었다는 것을 말한다.

힌두교와 요가

    내가 열여섯 살이던 해 학년 말에 아버지가 가족회의를 소집했다. 아버지는 "이번 여름에 무엇을 할 계획이냐?"고 동생과 내게 물었다. 우리는 6월, 7월, 8월을 어떻게 잘 보낼 것인지를 잠시 생각하고 있었는데 아버지가 갑자기 "전화벨이 울릴 것이다"라고 말하였다. 그리고 아니나 다를까 곧 전화가 왔다. 카이와 내가 누가 전화했을까 궁금해하는 동안 아버지는 날짜와 비용 등을 이야기하고는 전화를 끊었다.

    "전화를 한 사람은 뉴욕에 있는 아슈람^{ashram}(힌두사원)의 스와미^{swami}(힌두 수행자)이다. 여름 청소년 캠프에 너희 둘이 오면 어떻겠느냐고 묻는구나. 우리가 돈을 낼 수 없으니 아슈람이 장학금을 제공할 것이다. 어떻게 생각하느냐?"

    아버지가 물었다.

    동생과 내게는 당연히 좋은 일이었다. 우리는 4년 만에 처음으로 집을 떠난다는 생각에 흥분했지만 이를 숨기려고 애썼다. 우리가 너무 좋아하면 아버지는 우리가 아버지를 좋아하지 않는다고 받아들여 버릇을 고쳐

1991년 뉴욕, 시바난다 아슈람 요가 농원의 10대들을 위한 캠프.

주겠다고 우리를 캠프에 보내지 않을지도 모르기 때문이었다.

그 프로그램은 몇 주 후에 시작될 계획이었다. 캠프 당일, 우리는 집에서 네 시간가량 떨어진 아슈람으로 차를 몰고 갈 예정이었는데 갑자기 아버지가 기타를 연주하더니 우리에게 바흐의 칸타타를 3부 화음으로 노래하자고 했다. 한 시간 동안 노래한다는 것이 두 시간, 세 시간으로 늘어났다. 그렇게 시간이 지나고 어느 시점이 되었을 때 카이와 나는 우리가 제때 아슈람에 도착하지 못할 것임을 깨닫게 되었다. 그런데도 아버지는 완벽한 화음을 원했고 매번 우리가 노래를 할 때면 음조가 빗나갔다거나 박자를 놓쳤다는 등 잘못된 점을 찾아내었다. 우리는 완벽한 화음을 이루려고 필사적으로 노래를 계속했다. 마침내 아버지는 시계를 보고는 떠나기에 너무 늦었다는 것을 알게 되었다. 아버지는 아슈람에 전화를 해 우리가 내일 도착할 것이라고 알렸다. 나는 마음속으로 우리가 아슈람에 간다는 희망을 이미 포기한 상태였다. 내가 그 시절을 지탱할 수 있었던 방법 중의 하나는 아무것도 기대하지 않는 것이었다. 오후쯤 되어서야 우리가 마침내 노래를 완벽하게 불렀는지 아버지는 만족스러운 미소를 지었다.

다음 날 우리는 뉴욕 북부의 언덕에 자리잡고 있는 아름다운 농장 같은 곳에 도착했다. 아슈람이 처음으로 제공하는 청소년 프로그램이어서 캠프에는 나 말고는 여자아이가 두 명뿐이었다. 스와미는 남아프리카 출신으로 활기가 넘치고 머리가 벗겨진 분으로 오렌지색 옷을 입고 있었다. 스와미의 조수는 노란색 옷을 입은 키 큰 금발 여성이었는데 배우인 대릴 하나Darryl Hannah와 비슷하게 생겼다. (이 두 사람은 나중에 결혼해서 세 자녀를 두었다.) 카이가 일곱 살이고 내가 여덟 살이었을 때 캐나다에 있는 아슈람 자매 어린이 캠프에 한 달 동안 참가했었기 때문에 우리는 아슈람의 환경을 잘 알고 있었다. 캐나다 캠프에서 아버지는 교사 양성 집중훈련을 받았다. 우리는 산스크리트어로 경을 외우고 힌두교의 신들에 대해 배웠고, 아버지는 거의 10년 동안 닦아 온 시바난다^{Sivananda} 스타일의 요가를 가르치는 법을 배웠다. 말할 것도 없이 아버지는 거기서 매우 뛰어난 학생이었는데 스와미 비시누데바난다^{Vishnudevananda}는 아버지에게 가족을 포기하고 아슈람의 스와미이자 요가 강사가 되어 줄 것을 요청했다. 스와미는, 훈련을 끝내고 아내와 자식들에게 되돌아가면 7년간에 걸친 나쁜 카르마를 자초하게 될 것이라고 정확하게 예견했다. 스와미는 아버지가 아슈람의 요가 강사가 되면 이 카르마를 피할 수 있을 것이라 생각했다. 아버지가 집에 돌아온 지 한 달 만에, 어머니는 우리 네 명을 모두 데려갔고 이혼을 청구했다.

아버지는 우리가 여름 캠프에서 자리를 잡도록 도와주고는 떠났다. 우리는 자유로웠다. 두려워할 필요도 없었다. 혼자서 생각나는 대로 초원을 산책하는 것과 같은 단순한 것들이 얼마나 즐거웠는지는 말로 표현할 수가 없다. 우리는 즐거운 한 달을 보냈다. 아버지가 우리를 데리러 올 때가 되자, 우리는 아버지에게 몇 주 더 머물게 해 달라고 졸랐다. 먹고 자는 것은 일을 해서 해결하겠다고 약속했다. 그 후 몇 주 동안 우리는 해변에 가는 10대들처럼 즐겁게 화장실을 청소하고 나무를 자르고 선반을 닦았다. 그때 나는 요가에 심취하게 되었고 제법 요가를 잘하게 되었다. 카이는 특히 몸이 강인하고 유연해서 많은 어려운 포즈들을 소화할 수 있었다. 나는 몇 년 전에 아버지가 받은, 한 달에 걸친 교사 양성 과정을 내가 들었으면 한다고 아버지에게 말했다. 아버지는 내가 고등학교 3학년의 첫 한 달을 빠지게 되는데도 이를 승낙했다.

9월 초, 나는 대부분이 내 나이의 두 배가 넘는 어른 30명과 함께 교사 양성 과정을 시작했다. 우리는 요가 강사가 되는 법, 불이일원론 베단타 철학과 산스크리트 독송을 배웠다. 이는 화학 수업보다 훨씬 재미있는, 내게 가장 좋은 교육이었다. 졸업식에는 아버지와 카이가 왔다. 그런데 나는 아버지가 사교성이 부족한 게 창피스러웠다. 아버지는 선방에 준엄하게 앉아서 다른 사람들은 쳐다보려고도 하지 않았다. 그 당시 나는 아버지가 내가 너무 오래 집을 떠나 있었다는 것을 느끼고는 아버지로서의 권위를 재삼 주장하려는 것으로 생각했다.

집에 돌아온 나는 요가는 물론 독송과 힌두 신에 대한 기도를 정기적으로 했다. 몇 주 후에 나는 국가매릿장학생선발시험을 치러야 했는데 선생님들이 공부하지 말라고 해서 준비를 전혀 하지 않았다. 시험날 아침 나는 늘 하듯이 기도와 요가를 했다. 아버지는 내게 시험을 게임처럼 생각하고 재미있게 치르라고 했다. 나중에 시험 결과가 나왔는데 나는 우리 주에서 최고 점수를 받은 두 명 중의 한 명이었다. 이로 인해 나는 전국의 성적 장학생에 뽑히게 되었는데 많은 대학들이 학교의 명성을 높이기 위해 우리를 영입하려고 애썼다. 이 일은 내게 기회를 열어 주는 중요한 전환점이 되었다. 나는 내가 높은 점수를 받은 데에는 두 가지 요소가 작용했다고 본다. 첫째는 참선과 요가 수행 덕분에 긴장을 풀고 주의를 기울일 수 있는 경지에 들어 있었기 때문이었다. 다양한 연구에 따르면, 긴장을 풀고 주의를 기울일 때 가장 효율적으로 일할 수 있다고 한다. 그런 까닭에 참선과 하타 요가가 학생들에게 도움을 줄 수 있다고 생각한다. 둘째는 아버지의 가르침 덕분이었다. 아버지는 평소에는 고급 수학과 어휘, 그리고 주말에는 공부하는 법을 가르쳐 주었는데, 이것이 내가 받은 공립고등학교의 교육을 보완해 주었다. 재미는 없었지만 가르침은 좋은 결과를 낳았다.

인사이트 명상회Insight Meditation Society(IMS).
현관 위에 있는 '메타'는 팔리어로 '자비'를 뜻하는데 명상 수행의 일종이기도 하다.

이야기, 여섯

비파사나(관법 수행)

내가 아슈람에서 시간을 보낸 몇 달 후 어느 날 아버지는 텔레비전으로 다큐멘터리를 보고 있었다. 이 다큐멘터리는 명상과 치유에 관한 것으로 장면의 일부를 인사이트 명상회^{Insight Meditation Society(IMS)}에서 찍은 것인데, 인사이트 명상회는 보스턴에서 차로 한 시간 반 정도 걸리는 매사추세츠 주 중부에 있었다. 아버지는 지도를 보고는 우리가 살고 있던 코네티컷에서 별로 멀지 않다는 것을 알게 되었다. 아버지는 먼저 전화로 연락해 보지도 않고 무작정 방문하기로 했다.

인사이트 명상회 진입로에 들어서자, 건물 정면에 기둥이 줄지어 있는 오래되고 중후한 대형 건물이 눈에 들어왔다. 나무로 만든 육중한 문을 열자 그곳에서는 내가 성장한 선 센터에서와 같은 냄새(오래된 나무 냄새, 청소용품 냄새, 점심 때 부엌에서 나는 냄새 등)가 풍겨 나왔다. 나는 곧 마음이 편안해졌다. 그러나 선 센터와 달리 여기서는 100여 명의 사람들이 묵언 속에서 움직이고 있었다. 3개월에 걸친 정진이 한창 진행되고 있었고 우리가 방문할 수 있는 때가 아니었다. 아버지와 동생과 나는 복도 앞에 앉

인사이트 명상회 로비.

아서 기다렸는데 마침내 직원 한 명이 우리를 목격했다. 우리는 이들과 점심을 함께했는데 묵언 속에서 식사를 했다. 채식이었고 무척 맛있었다. 나는 그곳이 마음에 들었다.

나중에 알게 되었는데 아버지도 그곳을 마음에 들어 했다. 아버지는 직원 자리에 지원서를 냈는데 운 좋게도 빈자리는 다름 아닌 아버지의 전문 분야인 컴퓨터 매니저였다. 그러나 그곳에 한 번도 아이들이나 가족이 살기 위해 들어온 적이 없어서 일부 직원들은 10대인 내 동생과 내가 문제를 일으키지 않을까 염려했다. 직원들은 우리를 평가할 수 있도록 9일간에 걸친 비파사나 정진에 참가할 것을 요청했다. 나는 열여섯 살, 카이는 열다섯 살이었는데, 우리는 이전에 집중적인 비파사나 수행을 해 본 적이 없었다.

아버지는 우리가 명상을 잘 해낼 수 있도록 집에서 우리를 데리고 예비 훈련을 했다. 이 훈련은 한 번에 한 시간씩 좌선하고 5분간 행선하는 명상을 하루 종일 하는 것이었다. 이 고난이 시작되고 몇 시간 만에 나는 몸이 심하게 아프고 토할 것만 같았다. 아버지는 이것은 마경에 불과하니 계속 앉아서 수행하라고 했다. 나는 아버지가 말한 대로 수행을 계속했는데 토할 것 같은 충동이 어느 정도 가라앉았다. 말할 것도 없이 이 집중훈련에 비하면 인사이트 명상회의 실제 정진은 훨씬 쉬웠고 심지어는 즐길 수 있을 정도였다. 나는 비파사나를 금세 좋아하게 되었는데 그 이유 중 하나는, 선에서는 벽을 향해 앉는 데 반해 비파사나에서는 모두들 불단을 향해 앉기 때문이었다. 가끔씩 눈을 떠서 다른 사람들이 고요히 앉아 있는 것을 보고 부처님을 볼 수 있어서 무척 고무적이었다. 선에서는 모든 것을 빨리 하는 반면 비파사나에서는 모든 것을 천천히 한다는 것도 내 마음에 들었다. 이것이 더 내 성격에 맞았다. 비파사나 수행은 지금 현재 순간의 체험을 하나도 놓치지 않고 통찰할 수 있도록 천천히 행할 것을 가르친다. 눈앞의 사물을 명확히 보는 것을 강조하는 나의 예술

가적인 훈련은 이 수행에는 완벽하게 들어맞았다. 인사이트 명상회 설립자 중의 한 사람인 조세프 골드스타인Joseph Goldstein은 정진 첫날 밤에 행선하는 법을 가르쳐 주었다. 그는 우리들에게 모두 일어서서 한 발 한 발 걸음을 옮기면서 일어나고 있는 모든 움직임과 느낌을 하나도 놓치지 말고 관찰하라고 했다. 나는 이런 단순한 체험에도 수많은 양상이 존재하며 이에 관심을 기울임으로써 우리의 마음이 현재 순간에 전적으로 집중할 수 있다는 것을 그 순간 깨닫게 되었다. 9일 동안 나는 비파사나를 배우는 데 최선을 다했고 정말 좋은 시간을 보냈다. 마침내 나는 명상을 이해하기 시작했다.

정진을 시작했을 때, 직원들은 이전에 청소년들이 정규적으로 정진하는 것을 보지 못했기 때문에 동생과 내가 정진을 해낼 수 있을 것이라고 생각하지 않았다. 직원들은 카이와 나를, 직원 중에 가장 나이가 어린 스물아홉 살의 키 큰 요리사 매튜에게 소개했다. 우리는 재미있고 낙천적인 매튜를 좋아했다. 나중에 매튜는 우리가 정진 중에 한 번도 그를 만나러 오지 않아서 섭섭했다고 말했는데, 우리는 정진 중에 문제가 있으면 매튜에게 가 보라고 한 직원의 말 때문에 매튜를 보러 간다는 것은 우리가 정진을 잘못하고 있음을 뜻하는 것이라 생각했다. 우리는 우리가 명상을 잘못해서 아버지가 새로 얻은 일자리를 놓치게 되는 것을 원치 않았다.

인사이트 명상회 전경.

100명을 수용할 수 있는 명상실.

몇 달 후 동생과 내가 직원들과 일하는 동안 아버지도 비파사나 정진을 했다. 그 정진을 지도했던 원로법사가 아버지의 역량에 놀라움을 표했는데 실제 아버지는 대단한 정신적인 역량을 지니고 있었다. 그 주에 카이와 나는 직원들과 사귈 수 있어서 무척 좋았다. 내가 어렸을 때 있었던 선 센터에 있는 것 같았다. 어느 날 점심시간에 우리는 체크무늬 셔츠를 입고 턱수염을 기른 덩치 큰 남자와 테이블에 앉아서 점심을 먹고 있었다. 그는 앤드류라고 자신을 소개했는데 10대들이 하듯이 우리는 앤드류와 농담을 주고받았다. 그에게 뚱뚱하다고 농담을 했던 것도 기억한다. 우리는 그가 정비원일 것이라 생각하고 그에게 뭘 하느냐고 물었는데 앤드류는 자기가 원장이라고 했다. 우리는 곧바로 행동거지를 똑바로 하고 온갖 경의를 표하면서 원장, 다름 아닌 센터의 장에게 무례한 행동을 한 것을 후회했다. 몇 년 후에 앤드류에게 우리가 어떤 첫인상을 주었느냐고 물었더니 그는 그냥 웃었다. 그는 우리가 무례했다고 생각하지 않았다. 인사이트 명상회 안에서는 직원들 사이에 아버지를 두고 의견이 갈렸는데 결국 아버지를 고용하지 않기로 했다.

　아버지는 걱정을 많이 하는 성향이 있는지라 건물 안에 있는 바퀴벌레들 때문에 불안해하기 시작했다. 게다가 매년 정진에 참여하는 수백 명에 달하는 학생들을 통해 에이즈에 걸릴 수도 있다고 걱정했다. 에이즈 전염

이 시작된 지 4년밖에 되지 않았던 때여서 일상적인 접촉을 통해 에이즈가 전파되지 않는다는 것을 아무도 확신할 수 없었다. 오래된 건물에는 실제로 바퀴벌레들이 살고 있었는데 직원들이 살생을 금하는 불교의 계율을 따랐기 때문이었다. 그러나 주 보건당국이 어떻게 해서든 바퀴벌레를 없애지 않으면 인사이트 명상회의 문을 닫게 하겠다고 경고하는 바람에 직원들은, 악업을 쌓는 것이기는 하지만 바퀴벌레를 죽이지 않고는 명상을 가르침으로써 선업 쌓을 수 있는 기회를 잃을 수도 있다는 것을 깨닫고 바퀴벌레들을 제거하기 시작했다. 곧 바퀴벌레는 없어졌고 명상회는 문을 닫지 않게 되었다.

아버지는 다시 인사이트 명상회를 방문하지 않았지만 나는 가능할 때마다 찾아가서 봉사활동을 계속했다. 명상회가 나의 새 안식처가 된 것이다. 내가 어떤 면에서는 본보기가 되는 모범적인 어른을 찾고 있었기 때문에 내게 있어서 이는 유익한 결정이었다고 할 수 있다. 그 후로도 오랫동안 나는 인사이트 명상회 직원들과 가끔씩 나눈 대화를 통해 많은 것을 배웠다. 한번은 내가 열일곱 살이었을 때 조세프 골드스타인을 만날 수 있었는데 대학을 가는 대신 깨달음을 얻을 때까지 암자에 앉아서 참선을 하면 되지 않겠느냐고 그에게 물었다. 그는 "그럴 수도 있겠지. 그렇지만 현실은 여전히 존재하는 것이다. 운전하는 법도 배울 필요가 있

고등학교 시절의 나.

고 대학 교육도 필요할 수가 있지. 대학 교육은 중요한 문제에 대해 생각
해 볼 수 있는 방법을 제공해 주지"라고 말했다. 그 당시 나는 너무 어려
서 내가 뭘 원하는지, 내가 어떻게 변할 것인지, 내 가치관이 어떻게 바뀔
지 몰랐기 때문에, 이는 내게 유용한 조언이었다. 기본적인 생활기술과
교육이 없었더라면 내게는 선택의 여지가 별로 없었을 것이다.

　고등학교 마지막 학년 때, 나는 일부 명문학교를 포함해 열 개의 대학
교에 지원서를 냈다. 아버지는 한 번도 정규적인 방식으로 대학 지원을 해
본 적이 없었기 때문에 몹시 걱정을 했다. 아버지는 18년 전에는 뉴햄프
셔 주의 시골에서 소들을 돌보면서 바이올린을 연습하던 목동이었다. 어
느 날 지방의 작은 대학교 오케스트라 지휘자가 차를 몰고 가다가 멋진

바이올린 연주에 감동 받고서 차를 세우고 초원에 있는 아버지를 발견하고는 "내가 지휘하는 오케스트라에서 첫 번째 바이올린을 연주하겠다면 대학에 입학시켜 주겠다"고 했다.

대학 지원 경험은 부족했지만 아버지는 입학 지원 에세이에 관해서는 좋은 생각을 가지고 있었다. 내 초고를 본 아버지는 수업에 쓰는 논문처럼 내 에세이가 너무 건조하다고 지적했다. 아버지는 수년 동안 글을 써 왔는데 글솜씨가 좋은 작가였다. 아버지는 개인 특유의 문제에 대해 글 쓰는 법을 내게 일러 주었다. 나는 사실들은 이력서에 남겨 두고 내 내면 세계의 실질적이고도 삼차원적인 모습을 이끌어 내는 에세이를 다시 썼고, 하버드Harvard를 제외하고 코넬Cornell, 브라운Brown, 다트머스Dartmouth와 같은 대학교들로부터 상당한 액수의 장학금과 함께 입학 허가를 받았다. 나는 2천 명의 재학생이 다니는 매사추세츠 산에 있는 명문 4년제 인문대학인 윌리엄스대학Williams College을 택했다. 윌리엄스대학은 유명한 인문학부를 자랑하고 있고 학생들도 지적인 성향을 가진 것으로 잘 알려져 있다. 흥미로운 것은, 내가 대학에 들어갔을 때 어린 시절 선 센터 지도자의 두 아들인 보디와 혜능이 나보다 2, 3년 앞서 윌리엄스대학을 다니고 있었다는 것이다. 10년 만에 처음으로 이들을 만나게 되었는데, 오랜 시간이 흘렀어도 내 형제들을 보는 것처럼 느껴졌다.

희망을 향해
달려가는 우리들

part 2

1994년 봄. 대학 1학년이 끝나갈 무렵.

기독교학생회

1993년 가을, 윌리엄스대학에 있는 기숙사에 자리를 잡은 후 나는 신입생들을 위해 열리는 설명회에 갔다. 학생 모임들마다 테이블 위에 안내책자와 기증품들을 진열해 놓고 있었다. 기독교학생회 테이블을 막 지나치려는데 턱수염이 난 지긋한 남자분이 미소를 활짝 지으면서 "이봐요, 안녕하세요"라고 말을 걸어왔다. 그대로 지나칠 수도 없었고 모른 체하고 싶지도 않았다. 나는 속으로 '여기 있는 크리스천들은 다른 학생들처럼 술을 마시거나 파티를 하지는 않을 거야. 얘들과 시간을 보내면 유익할 거야'라고 생각했다. 나는 그와 이야기를 나누었는데 그가 모임의 지부장이라고 했다. 그 테이블에는 웨이브가 있는 짙은 검은 머리에다 로마인처럼 우뚝한 코와 다정한 미소를 지닌 잘생긴 남학생이 한 명 같이 있었다. 내가 모임에 나가 보기로 한 이유 중의 하나가 그 남학생을 다시 만나고 싶어서였다는 것은 부인하지 않겠다.

학생회의 다음 그룹모임은 일요일 저녁에 열렸다. 50여 명의 학생이 왔는데 대부분 백인이었지만 동양인 학생도 상당수 있었다. 이때 나는 처음으로 동양 사람들도 기독교를 신봉한다는 것을 알게 되었는데 어떻게 해서 이들이 개종했는지, 왜 불교나 도교 등을 믿지 않는지 궁금했다. 사회자는 재치 있는 농담으로 모임을 시작하고는 각자 자기소개를 시켰다. 그리고 우리는 찬송가를 불렀는데 오래전 내가 개신교 교회에서 배운 엄숙한 찬송가와는 달랐다. 이 찬송가들은 감동적이었으며 현대적인 가락과 리듬을 갖추고 있어서 배우기도 쉬웠다. 영어로 노래를 부르고, 내가 부르고 있는 노래의 뜻을 이해한다는 것에 가슴이 벅찼다. 어린 시절 일본어와 산스크리트어로 불경을 독송하던 것과는 전혀 달랐다. 독송하기를 좋아하긴 했지만 무슨 뜻인지 몰라 감동을 받은 적이 없었기 때문이었다. 여기서는 누군가가 기타를 치면서 노래를 시작하면 모두들 음악에 맞춰 몸을 흔들었다. 나중에 학생들은 주스와 간식을 즐겼는데, 모임의 회장은 나를 포함한 신입회원들에게 각별한 관심을 기울였다. 나의 가입을 환영하고 고마워했다. 신입생 환영 테이블에서 보았던 리처드도 만나게 되었는데 나는 그가 무척 좋았다.

그 후 몇 달 동안 나는 성경공부를 열심히 했고 기도모임과 대부분의 기독교학생회 회원들이 다니는 교회에도 열심히 나갔다. 그 교회 목사님은 예리한 지성과 엄격한 신학 교육으로 학생들의 존경을 받는 분이었다. 성경공부는 성경 한 구절을 읽고는 그 뜻을 해석하는 것이었다. 나는 성경을 도무지 이해할 수가 없었다. 그런데 한번은 내가 해답을 찾았다. 예수의 가르침에 관한 구절이었는데, 내가 알고 있는 불교적인 용어로 재해석했더니 비로소 그 구절을 이해할 수 있었다. 나는 내 생각을 기독교적인 용어로 풀어서 회원들에게 이야기했는데 모두들 내 안목에 놀라워하며 그 성경 구절이 뜻하는 바가 바로 내가 얘기한 대로라고 공감했다. (불행하게도 그게 어떤 구절이었는지 지금은 기억이 나지 않는다.) 그 체험을 통해 나는, 적어도 내게 있어서, 이런 특정한 기독신학보다 불교철학이 영적인 계발에 더 명료한 설명을 해 준다고 결론짓게 되었다.

가을에 나는 동양인 학생들의 성경공부 모임에 나가기로 했다. (아직도 나는 내가 왜 성경공부 모임에 나가기로 했는지 이해가 되지 않는다.) 나는 동양인 학생들을 좋아했는데 캐시 김이라고 하는 3학년 선배를 특히 따랐다. 캐시는 2세대 한국인으로 에너지가 넘치는, 세련되고도 총명한 학생이었다. 한번은 저녁에 화학을 가르치는 동양인 교수의 집 거실에서 모임을 가졌다. 어떻게 하다 보니 타 종교에 관한 토론이 시작되었는데 학생들은 모르몬교도와 여호와의 증인을 기독교인이라 할 수 있는가를 놓고 이야기했다. 토론은 열기를 띠기 시작했고, 한국인 여학생 한 명이 울음을 터뜨리는 것으로 그 절정에 달했다. 그 여학생은 눈물을 흘리면서 "정말 안됐어요. 기독교인이라 자칭하지만 지~옥에 떨어질 것이 분명한 이 사람들이

일요일 저녁 예배 사회를 준비하면서. 이 학생회에는 적지 않은 한국기독교인들이 있었다.

너무 불쌍해요"라고 말했다. 그러고는 갑자기 무릎에다 머리를 묻고는 '지옥'이란 단어를 길게 끌어 발음했다. 그 여학생은 아주 진지했고 비기독교인들을 생각하며 엄청나게 괴로워했다.

나는 눈살을 찌푸리지 않을 수 없었다. 이게 도대체 뭔가? 다른 사람들도 그 여학생의 말에 동의하는지 궁금해서 방을 둘러보았더니, 모두들 공감하고 있는 것이 분명했다. 육체 노동자, 이탈리아인, 아일랜드인, 폴란

드인. 가톨릭이 주류를 이루는 고향 코네티컷에서는 한번도 복음교회파나 근본주의기독교를 접해 본 적이 없었다. 근본주의기독교인에 따르면 내가 유일하게 알고 있는 힌두교나 불교를 신봉하는 사람들이 모두 규탄을 받게 되는 무리의 일원이라는 사실을 나는 그때서야 알게 되었다. 나도 규탄의 대상이었을 것이다. 이런 식의 기독교적 견해는 막연하기는 하지만 직감적으로 나의 진보적인 가치관에 반하는 것임을 인식하게 되었다. 그 후 오랫동안 어떻게 사람들이 그런 견해를 지닐 수 있는지 그리고 어떻게 내가 그런 사람들과 어울릴 수 있는지를 이해하려고 애썼다.

하지만 기독교인 학생들이 일반 학생들보다 더 건전한 활동을 한다는 내 생각은 옳았다. 이들은 대체로 술을 마시지 않고 남을 위해 봉사하는 데 집중한다. 또한 내 취향에는 맞지 않을 정도로 지나치게 건전했다. 리처드는 결혼 전에 손을 잡는 것조차 바람직하지 않다고 생각했는데 이에 나는 무척 실망했다. 그러니 키스하는 것은 말할 것도 없었다. 내가 야한 농담을 하면 모두들 거북한 미소를 지었다.

나의 야한 농담에도 불구하고, 1학년 봄에 가서는 이 모임의 리더가 나를 모범적인 개신교 학생으로 생각하게 되었다. 이들은 나를 일요일 모임의 사회자로 추천했는데 이는 내가 이 모임에서 일종의 유명인사가 되었음을 뜻하는 것이었다. 나는 한번 시도해 보겠다는 생각으로 이를 승낙했다. 한 달 후 학생회는 중서부에 있는 기독교학생회 본부로부터 기독교학생회의 5대 신조에 대한 지지를 밝힐 학생 지도자를 원한다는 연락을 받았다.

· 유일한 성령의 인도와 성경의 절대적인 권위
· 예수 그리스도의 신성
· 예수 그리스도의 세상을 구하기 위한 대속적 죽음의 필연성과 권능, 그리스도의 부활의 실재성
· 구원 사역에 있어 성령의 존재와 권능
· 예수 그리스도의 재림에 대한 약속

나는 놀라기도 했지만 이 신조가 뭘 의미하는지도 몰랐다. 리처드에게 첫 번째 신조에 대해 물었다.

"이 말은 요나라는 사람이 정말로 존재했고 큰 물고기가 그를 진짜로 삼켰다는 이야기야?" (구약의 요나서 1장 17절)

"맞아. 이는 물론 성경에 등장하는 다른 이야기들도 다 역사적인 사실이야." 리처드가 답했다.

이런 유의 신앙은 상식을 벗어나는 것이라 생각되어 리처드를 달리 보

게 되었다. 리처드의 믿음에 대해 좀 더 깊이 알게 되자 그에 대한 관심이 거의 사라져 버렸다.

나중에 나는 다른 학생에게 예수 그리스도가 누구인가를 물어보았다. 아프리카의 예수상은 검은색 피부를 지니고 있고 동양의 예수상은 동양인처럼 보인다는 점을 지적하고는 "천국에 가려면 어떤 예수를 믿어야 하느냐"고 물었다. 그 학생은 내 질문에는 답을 할 수 없지만 궁극적으로 구원은 개개인의 예수에 대한 믿음에 달려 있다고 했다. 기독교학생회 학생들과 내가 나눈 대화는 늘 비슷한 방식을 따랐다. 학생들 중 한 사람이 논리를 바탕으로 한 토론에서 질 것 같으면, 그는 언제나 반박할 수 없는 신앙을 밝히는 것에 의존한다. 나는 친구들에게 사물을 이해하는 데는 여러 가지 방식이 있을 수 있다는 것을 이해시키려는 노력을 곧 포기해 버렸다.

나는 벽에 부닥치게 되었다. 관용을 베푸는 데 한계가 있는가? 나는 내가 아주 개방적인 사람이라고 믿었다. 피부색, 국적, 성별, 종교, 사회계층을 막론하고 나는 언제나 이들의 내면적인 선함을 보고 이들로부터 배우고 우리가 공유하고 있는 인간성을 실현하고자 했다. 그러나 편협하고, 비기독교인이나 동성애자 또는 유산한 여성들은 지옥에 떨어진다고 굳게 믿고 있는 사람들을 수용한다는 것은 쉽지 않았다. 내 딜레마는 이런 편협한 사람들을 거부한다면 나도 이들과 같은 사람이 된다는 것이었다. 또한 이들의 편협함을 수용하는 것은 내가 동의할 수 없는 견해를 내가 묵인하는 것이다. 아직도 나는 이 문제를 실질적으로 해결하는 방법을 모른다.

어느 날 저녁 아버지에게 전화를 해서 "기독교는 정말 이해할 수 없어요"라고 했더니 아버지는 "수미야, 그건 기독교의 한 교파에 불과하다. 기독교에는 불교와 대등한 신비체험을 포함하는 여러 교파가 있다. 십자가의 성 요한St. John of the Cross이 쓴 '영혼의 어두운 밤Dark Night of the Soul'과 '순례자의 길The Way of the Pilgrim'을 기억하니?"라고 말했다. 그러고는 이어서 "그건 그렇고 그 모임이 네게는 맞지 않는 것 같구나. 명상 모임을 시작해보면 어때?"라고 제안을 했다. "누구요, 저요? 전 못해요"라고 내가 말했는데 아버지는 "넌 할 수 있어. 명상 모임이 없으면 네가 시작해라. 학교 불교학 교수를 만나 도움을 받을 수 있는지 알아보는 게 어떻겠니?"라고 했다.

여름에 나는 신약과 구약을 포함하는 성경전서를 읽기로 했는데, 그렇게 하면 기독교 신앙을 좀 더 깊이 이해할 수 있게 되지 않을까 해서였다. 매일 밤 성서 한두 구절을 주의 깊게 읽고 나서는 성경책을 침대 옆 탁자에 올려놓곤 했는데 어지럽고 혼란한 느낌을 떨칠 수가 없었다. 그렇긴 해도 시편과 구약의 일부는 물론 신약 성경 구절의 일부, 특히 예수의 가르침은 아주 감동적이었다.

그해 여름, 모르몬교의 본산인 유타 주 남쪽에 있는 애리조나의 생물학 연구소에서 일하게 되어 모르몬교도들을 만나게 되었다. 연구소의 내 파트너는 내가 만난 사람들 중에서 가장 순수한 사람이었는데 커피도 마시지 않았다. 윌리엄스대학의 기독교학생회 회원들이 어떻게 이 사람은 지옥에 가고 자기들은 천국에 간다고 믿을 수 있는지 도무지 이해가 가지 않았다.

윌리엄스대학에서 2학년이 된 나는 기독교학생회에 참가하면서 동시에 윌리엄스 명상회를 시작하기로 했다. 첫 모임은 대학교의 아름다운 고딕 스타일의 채플 지하실에 있는 회의실에서 열렸다. 오후 시간이었는데 육중한 목조 문을 열고 들어갔더니 온화한 저녁 햇살이 고풍스러운 높은 창을 통해 연황색 페르시아 양탄자 위에 쏟아지고 있었다. 방석을 꺼내 놓고 회의실 정면에 자리를 잡고 앉아 학생들이 나타나기를 기다렸다. 반가부좌한 상태에서 손을 무릎에 올려놓고 눈을 감았다. 평생 익혀 왔지만 지난 한 해 동안 잊고 지냈는데 새롭게 자세를 잡자 따스하고도 평화로운 에너지가 느껴졌다. 편안하고 친숙한 느낌과 함께 긴장이 풀렸고 나는 기쁨을 느꼈다. 곧 여덟 명의 학생들이 조심스럽게 문을 열고 들어왔다. 나는 갑자기 이 그룹을 어떻게 지도해야 하나 걱정이 되었는데 영성을 수행하는 다양한 방식을 존중하는 학생들이 있다는 것을 알게 되어 기뻤다.

주말에 나는 기독교학생회의 일요일 저녁모임에서 사회를 보았다. 몸에 맞지 않는 옷을 입은 것 같은 기분이었다. 더 이상 가장하지 않고 진지하게 노래를 통해 예수를 찬양할 수가 없었다. 얼마 후에 나는 기독교학생회를 떠나 명상회에 전념하기로 했다. 다행히 기독교학생회의 친구 대부분이 내 결정을 존중해 주었고 우정도 지켜 주었다. 그렇지만 우정은 이전처럼 가까운 것은 아니었다. 이들에게는 내가 의심의 여지가 없는 이단자였다.

나는 복음주의자들과 보낸 일 년을 내 일생에 있어 아주 소중한 체험으로 간주한다. 무엇보다 기독교인들이 신입회원들을 환영하고 사회 참여와 공동체 형성에 큰 관심을 기울임으로써 회원들을 모으고 유지한다는 것을 배웠다. 반대로 불교 단체들은 사회성이 부족하고 인간관계를 통한 영성 개발을 중시하지 않는다. 특히 젊은이들은 어느 집단에 속한다는 소속감을 중요시하는데 이런 모임들이 젊은이들이 집을 떠나 더 넓은 세상으로 나아가는 데 있어 가족을 대체하는 역할을 한다는 것이다. 둘째로 예식을 이해하는 데 언어(종교적인 언어를 조금씩 배우고 이를 시간을 두고 포용하는 것이 불가능한 것은 아니지만)가 아주 중요한 역할을 한다는 것을 깨닫게 되었다. 마지막으로 복음주의자들과 함께한 시간이 나에게 이들의 눈을 통해 세상을 볼 수 있는 기회를 주었다는 것이다. 내가 일 년 동안, 타 종교인들은 지옥에 떨어진다는 견해가 어디에서 비롯되었는지, 그리고 이의 역사적 · 문화적 · 성서적인 근원을 이해하려고 애쓰지 않았더라면 이런 견해를 지닌 이들을 쉽게 나쁜 사람으로 몰아붙였을 것이다.

전적으로 다른 방식의 종교 신행 생활을 과감히 체험함으로써, 내가 타고난 불교의 수행문화가 내 마음에 깊이 뿌리 내렸음을 깨달았다. 이런 이유로 나는 젊은이들이 다양한 것을 시도해 보는 것이 중요하다고 생각하는데, 비교와 대조를 통해서 중요한 것이 무엇인지를 깨닫게 되기 때문이다. 내가 아닌 것을 발견함으로써 내가 누구인가(불자)를 재발견하게 되었다.

윌리엄스 명상회

새로운 명상회와 함께 나는 몇 년 만에 처음으로 정기적인 명상을 시작했다. 대부분의 학생들이 잠을 자고 있는 아침 7시 50분에 시작되는, 30분간에 걸친 정진을 통해, 끌 수 없는 라디오처럼 내 마음은 끊임없이 생각으로 가득 차 있음을 인식하게 되었다. 감정이 마치 날씨인 양 구름이 끼고 햇빛이 비치고 비와 폭풍, 때로는 허리케인까지 불러일으키며 끊임없이 변하는 것도 체험했다. 내가 감정과 생각들로 인해 동요된다는 것을 인식하면 할수록 나는 평화와 고요함을 찾는 데 더 관심을 기울이게 되었다. 평정을 유지할 수 있는 자리에 다다르기를 원했다. 명상을 통해서 이를 이룰 수 있는 방법과 관련해 불교가 제시하고 있는 가르침에 진지하게 관심을 가지게 되었다.

불교에 관심이 있고 내가 불교를 좀 공부했다는 사실을 알고 있던 친구들은 내게 종종 질문을 했는데, 자신 있게 답을 시작했다가 몇 분 지나지 않아 확신을 잃어버리곤 했다. 그러고는 곧, 사실은 내가 불교의 수행, 철학 또는 역사에 대해 아는 바가 별로 없다는 것을 깨닫게 되었다. 지금

대학 4학년 때
내 미술 프로젝트에 쓰기 위해 찍은 사진.
미국의 불자들에 관한 일련의 그림들을 그리는 데
내가 직접 모델이 되었다.

돌이켜 보면, 어린 시절의 종교를 다시 배워야 하는 이런 체험은 흔히 있는 일이다. 많은 대학생들이 어린 시절의 종교를 새로운 호기심과 지성, 비판적 사고를 통해 다시 공부하게 된다. 새로운 성인의 정신으로 자신의 종교 전통에 대해 배워야 한다. 내가 어떻게 불자가 되었는지를 묻는 사람들에게 나는 두 번 불자가 되었다고 대답한다. 한 번은 어린 시절에, 두 번째는 대학에서 자발적인 결정을 통해서 말이다.

명상회를 시작한 첫 해에 나보다 한 살 어린 신입생이 명상에 정기적으로 참여하기 시작했다. 어느 날 아침, 회의실에 들어가 절을 하는데 틸Teal이 조소하는 듯한 말투로 "웬 절을 그렇게 많이 하느냐"고 물었다. 절을 하고 일어서면서 그를 쳐다보았는데 도전하는 듯한 그의 질문에 나는 몹시 화가 났다. 틸은 매우 영리한 학생이었는데 그의 영리함이 그가 무엇을 배우는 데 오히려 장애가 되었다.

"자신을 낮추고 경의를 표하기 위해서야."

내가 대답했다.

"그런데, 명상하는 데 왜 좋은 옷을 입고 오지?"

그가 다시 물었다.

나는 내가 좋은 옷을 입고 있다고 생각하지 않았지만 그가 입고 있는 때 묻은 바지와 티셔츠에 비하면 한결 좋은 옷임이 분명했다.

"경의를 표하고 사람들에게 이 수행이 귀하고도 중요하다는 것을 알리기 위해서야."

"내가 보기에는 네가 하는 절도, 복장도 피상적인 것으로 보여. 중요한 것은 마음인데 말이야."

틸은 여전히 조소하는 듯이 말을 했다.

나는 "네 말이 맞아. 그렇지만 외형이 내면적인 태도를 표현하듯이 그 반대도 마찬가지라 할 수 있지"라고 했는데 그는 내 대답에 만족하지 않았다.

다음 해에 틸은 일본으로 공부하러 갔는데 거기서 그는 외국인들을 환영하는 선원에서 임제선을 배우기 시작했다. 그리고는 미국으로 돌아와 내게 이렇게 말했다.

"이제 절이 왜 그렇게 중요한지를 이해하게 되었어. 실제로 절은 수행의 요체인 것 같아. 절을 통해 모든 것을 성취할 수 있다고 이제는 믿어."

그는 이제 소박하지만 깨끗하고 정결한 옷을 입는다. 일 년 후 틸은 대학을 휴학하고 사원으로 되돌아갔는데 거기서 출가해 스님이 되었다. 나는 졸업한 후 틸이 윌리엄스대학에 재등록했을 때 그를 한번 만나러 갔다. 그의 방에는 휴대용 컴퓨터와 승복을 제외하고는 아무 것도 없었는데 그는 방에서 승복을 조심스럽게 매만지고 있었다. 나는 한 번도 시도해 본 적 없었고 선의 남성적인 수행방식, 예를 들면 제자들을 가르치기 위해 소리를 치거나 군대를 연상케 하는 철저한 규율과 엄한 명상자세를 요구하는 것 등에 두려움을 느껴왔기 때문에 어떻게 화두 선이 깨달음을 얻게 해 주는지 이해할 수 없었다. 그러나 틸이 고집 센 지성인에서 자비롭고도 사려 깊은 '소류'(그의 법명)로 변모한 것을 보고, 화두 선도 다른 어떤 불교 수행 못지않게 유효한 수행임을 깨닫게 되었다. 나는 우리가 어떤 수행을 하느냐가 아니라 우리가 수행하고 있다는 것 자체가 중요하다는 사실을 틸로부터 배웠다.

동급생인 아론은 저녁 명상에 몇 번 나왔는데 2학년 때부터 여러 가지 문제로 어려움을 겪기 시작했고 학교를 그만두게 되었다. 아론과는 살아가면서 접하는 문제들과 부모님의 기대에 미치는 것과 좋은 불자가 되는 법 등에 관해 장시간 이야기를 나누곤 했다. 몇 년 후 그는 서울에서 영어를 가르치고 있었는데, 마침 나도 서울에 있던 터라 우리는 한 제과점에서 만났다. 그는 아주 중요한 시기에 명상 그룹이 그의 삶에 긍정적인 영향을 주었으며 우리가 나눈 대화가 그로 하여금 더 건전한 길을 택하게끔 해 주었다고 말했다.

과거에는 명상 그룹을 운영하는 데 내가 투자한 많은 시간들이, 참가자가 소수였다는 점을 감안하면 과연 쓸모 있는 일이었나 하는 의구심을 많이 가졌다. 그런데 나 자신은 물론이고 소류나 아론 같은 학생들이 받은 도움은 내 노력이 가치 있는 일이었음을 보여주었다.

이야기, 아홉
내게서 멀어지는 어머니

어머니를 마지막으로 본 것은 내가 열한 살 때였다. 이제 나는 열아홉 살로 대학에 재학하고 있었고 독립해 있었다. 그분이 내 어머니이고 나를 사랑한다는 사실 말고 내가 왜 어머니와 연락하기로 했는지는 기억이 나지 않는다. 편지를 주고받다가 전화 통화를 하게 되었다. 여름방학에 어머니와 나는 한 식당에서 만나기로 했다. 어머니는 두 번째 남편과 같이 왔는데, 그는 아주 위압적인 사람으로 내가 하찮고 아무것도 모르는 사람이라 느끼게 만들었다.

어머니는 나보다 키가 훨씬 작았고 나이보다 젊어 보여서 사람들은 우리를 자매로 볼 때가 많았다. 한번은 점술가에게 내가 왜 이런 부모님을 두고 태어났는지를 물었다. 점술가는 내가 전생에 어머니와 한가족이었는데 내가 더 지배적인 사람이었고 어머니는 늘 종속적인 위치에 있었다고 했다. 점술가에 따르면, 이런 힘의 불균형 문제를 해결하기 위해 내가 딸로 태어났다고 했다. 점술가에게 우리가 못 보는 것을 보는 특별한 능력이 있는지는 모르겠지만 점술가는 어머니와 나 사이에 지속되고 있는 어려움을 정확하게 짚어냈다. 어머니와 함께 있을 때 오히려 내가 어머니보다 더 나이가 든 것처럼 느낄 때가 많았는데, 중요한 결정들에 대해 더 분명하게 이해한 것도 나였다.

어머니와 다시 만나게 된 직후 나는 어머니 집에서 하룻밤을 보냈다. 내가 침대에 누우려는데 어머니가 담요를 덮어 주어도 되겠느냐고 물었다. 나는 좋다고는 했지만 그 말이 무엇을 의미하는지는 몰랐다. 어머니는 내게 다가와 담요를 내 어깨까지 끌어올리고는, 내가 춥지 않도록 담요 끝을 매트리스 안으로 넣어 주었다. 그러고는 잘 자라고 키스해 주었다. 내가 성인이 아니었다면 그것이 그처럼 이상하게 느껴지지는 않았을 것이다. 그런데 더 중요한 것은 내가 어머니로부터 보살핌을 받는다는 데 거부감을 느꼈다는 것이다. 어머니가 내게 담요를 덮어 주도록 내버려두었고 나중에 고맙다는 인사까지 했지만 마음속은 냉랭하기만 했다.

수많은 어머니의 이런 사랑의 표현을 돌이켜 보면, 어머니가 최선을 다해 내게 어머니 역할을 하려 했다는 것을 이해한다. 그렇지만 어머니 없이 자란 나는 마음이 차가워졌고 아버지의 훈련소에서 억센 군인이 되어 버려 어머니의 사랑을 받아들이지 못했다. 사랑과 애정을 받는다는 것이 오히려 힘들었다. 시간이 지나면서 다시 마음을 열기 시작했지만 여전히 부족한 점이 많았다.

1994년 카이의 고등학교 졸업식.
카이는 고등학교를 수석으로 졸업했다.

가여운 내 동생 카이

남동생 카이도 윌리엄스대학에 입학해, 내가 2학년이 된 가을에 신입생
으로 들어왔다. 아버지는 내게 동생을 잘 지켜보라고 당부했다. 카이는
고등학교 끝 무렵, 달랑 농구공 하나만을 팔에 끼고 아무 것도 없이 무작
정 집을 나가 돌아다니는 등 이상한 행동을 하기 시작했다. 그 후 카이는

집을 나갔고 아버지는 그를 찾아다녔는데 마침내 경찰과 아버지가 카이를 찾았다. 카이를 발견한 시각이 밤 10시였는데 카이는 집에서 북쪽으로 꽤 떨어져 있는 고속도로를 걷고 있었다. 아버지의 가정교육이 카이의 불안정한 마음을 악화시켰던 모양이다.

처음 몇 달 동안 카이의 대학 생활은 순조로웠다. 수업에 빠지고 밤 늦게까지 깨어 있는 것을 눈치채기는 했지만 대학생에게 이는 특별히 이상한 행동은 아니었다. 추수감사절 휴가 때 아버지가 세 들어 살고 있는 원룸 스튜디오 아파트로 갔는데 스튜디오에는 옷, 종이, 이쑤시개, 해바라기 씨, 동전, 접시들이 여기저기 흩어져 있었다. 내 대학친구들이 방학 때면 돌아가는 그런 집이 아니었다. 나는 음식을 장만할 수 있도록 첫날을 아파트 청소하는 데 보냈는데 이는 그 후 오랫동안 관례처럼 되었다. 아버지는 이를 무척 고마워했다.

어느 날 아버지가 카이에게 학교 수업에 관해 물었다. 카이는 무어라고 대답했는데 아버지가 듣고 싶어 하는 말을 먼저 하고는, 사실대로 또 다른 말을 했다. 카이는 아버지를 화나게 만들려고 일부러 그랬던 것 같다. 나중에 나는 정상적인 부모와 함께 있는 것보다 스트레스가 쌓여 있는 부모와 함께 있는 것이 그에게는 더 정상적으로 느껴졌기 때문이라는 결론을 내렸다. 아버지는 카이가 10월 중순부터 미술 강의 수업을 모두 결강해서 낙제할지도 모른다는 것을 알고는 화를 냈다. 내가 아파트를 청소하는 동안에도 아버지와 카이는 계속 얘기를 나눴는데 나는 이들의 대화가 격앙되어 가는 것을 들을 수 있었다.

그러다 어떻게 된 일인지, 그 다음으로 내가 들은 것은 카이의 이상한 울음소리였다. 숨을 컥컥거리면서 동시에 소리를 지르고 우는 것 같았다. 내가 돌아서자 아버지는 혹시라도 카이가 머리를 벽에 박아 다치지 않도록 팔로 카이를 꼭 껴안고 있었다. 다행히 아버지는 카이가 정신쇠약에 걸렸음을 알았다. 나는 어쩔 줄 몰랐다. 정신이상 상태를 겪고 있는 사람을 어떻게 다루어야 하는지 전혀 몰랐기 때문에 어떻게 할 수가 없었다. 아버지는 그 상황에 합당하다고 생각되는 부모의 역할로 돌아갔는데, 나는 아버지가 그 상황에 어떻게 대처해야 하는지 알고 있다고 믿었지만 여전히 겁이 났다. 그래도 나는 그 자리를 떠날 수 없었는데 내가 없으면 카이가 더 스트레스를 받을지도 모른다고 생각했기 때문이다.

그러다 나도 모르는 사이에 뭔가에 사로잡혀 바닥에 주저앉아 버렸는데 그러자 내 몸은 저절로 좌선하는 자세를 취하게 되었다. 눈을 뜬 채로 나는 호흡을 관찰하기 시작했다. 좌선하는 자세가 내게 굳건하고 편안한 느낌을 주었다. 호흡을 관찰하면서 그 혼돈을 악화시키거나 그로부터 도망가지 않고 나는 그 순간에 마음을 집중했다. 카이가 진정될 때까지 10분 정도 그렇게 앉아 있었다. 그러고는 방금 일어난 일에 놀라서 모두 바닥에 같이 주저앉았다. 그 다음에는 무슨 일이 생기려나 하는 걱정도 했다.

나중에 나는 왜 직감적으로 명상 자세를 취했는지 생각해 보았다. 몇 년 전에, 어떤 문제에 직면했을 때 명상하는 자세가 도움이 된다고 한 아버지 말이 기억났다. 마음은 제대로 훈련되어 있지 않더라도 이 자세를 매일 수행하면 우리 몸은 이런 견고하고도 조심성 있는 자세를 기억하게 된다고 했다. 그날 카이가 정신쇠약 발작을 일으키는 동안 그 말이 사실이라는 것을 절실히 느꼈다.

주말에 카이가 다소 정상으로 돌아오자 아버지는 카이에게 해야 할 일들과 함께 미술 수업에 다시 나가라는 엄격한 지시를 내렸다. 내게도 카이의 뒤를 봐 주고 카이가 해야 할 일들을 반드시 하도록 카이를 살펴주라고 당부했다. 1월에 우리는 새 학기를 맞아 학교로 돌아갔다. 카이는 아침 명상에 정기적으로 나오기 시작했다. 그러던 어느 날 저녁 카이가 전화를 해서 "감기에 걸려서 내일 아침 명상에 못 갈 거야. 잠을 푹 자고 나면 덜해지겠지. 나 기다리지 말고 시작해"라고 했다.

다음 날 아침 질퍽한 눈을 밟으며 기숙사에서 채플의 명상실로 가다가 동생의 기숙사를 지나치게 된 나는 카이가 아프다는 것을 생각하고는 가서 살펴보기로 했다. 모두들 잠들어 있는데 동생의 방문은 반쯤 열려 있었다. 카이의 방은 먼지 하나 없이 깨끗했다. 방에 있는 것이라고는 옅은 색 소나무로 만든 대학 가구와 책상 위에 놓인 더글라스 아담스^{Douglas Adams}의 저서『삶, 우주, 그리고 만물^{Life, the Universe, and Everything}』뿐이었다. 휴지통조차 비어 있었다.

동생이 방으로 들어왔는데 화장실을 다녀온 모양이었다. 카이는 눈은 완전히 초점을 잃었고 제대로 걷지도 못했다. 술에 취한 것 같았다.

"무슨 일이야?"

내가 물었다.

카이는 알아들을 수 없는 소리를 중얼거리더니 온 방을 비틀거리며 걷기 시작했다. 무슨 냄새를 맡게 될지도 모른 채 나는 "이리 와서 숨을 불어 봐" 하고 동생에게 요구했다. 카이는 시키는 대로 했는데 술 냄새가 나지는 않았다.

도대체 무슨 일이 일어나고 있는 걸까. 나는 덜컥 겁이 나기 시작했다. 카이는 제정신이 아닌 것이 분명했다. 나는 아버지에게 연락하고는 학교 경비원에게 도움을 청했다. 경비원은 곧바로 달려와서는 나와 함께 카이를 부축해서 좁은 계단을 내려왔다. 밖에는 순찰차가 대기해 있었는데 이 차가 카이를 대학 진료소로 태워 갔다. 검사실에서 카이와 단둘이 의사가 도착하기를 기다리고 있는데 카이가 침을 흘리기 시작하더니 약에 취한 원숭이처럼 가구를 올라타는 등 이상한 행동을 하기 시작했다. 마침내 의사가 왔지만 의사는 원인을 찾지 못하고 응급차를 불렀다. 나도 응급차를 타고 갔는데 카이는 움직이지 못하도록 들것에 묶여 있었다.

병원에서는 피검사를 했는데 카이의 몸에서 아무런 중독성 물질을 발견하지 못했다. 그가 복용한 수면제가 신종 약물이기 때문이었다. 우리는 병원에서 잠도 제대로 자지 못하고 하룻밤을 지낸 후 정신과 의사로부터 카이가 기말고사 스트레스로 인해 정신착란 증상을 겪은 것 같다는 얘기를 들었다. 카이는 학교로 돌아가도 괜찮다는 진단을 받았다. 카이의 기숙사로 돌아왔을 때 나는 책상 위에 놓여 있던 책 안에서 카이가 아버지에게 남긴 쪽지를 발견했다. 나중에 그 쪽지를 읽은 아버지는 그것이 유서였다고 했다.

이것이 5년간에 걸쳐 병원 입원, 그룹 홈, 치료, 약물 복용을 시작하게 된 동생의 첫 번째 자살 시도였다. 그 후 동생은 자살을 네 번 더 기도했는데 두 번은 겨우 목숨을 건졌다. 동생은 다시 팔과 다리에 상처를 내기 시작했다. 환자는 통증을 느끼지 못하고 상처를 냄으로써 정서적인 스트레스 경감을 체험하게 되는, 잘 알려진 정신장애였다. 동생의 심각한 자포자기에 아버지는 충격을 받았고 이로 인해 엄청난 스트레스를 받게 된 아버지는 카이를 보살피는 것에 힘들어할 때가 많았다. 가끔씩 어머니가 도와주려고 했지만 오랜 세월에 걸친 가족 분열로 인해 서로의 일에 개입하지 않는다는 무언의 약정이 우리들의 사이를 갈라놓았다.

그래서 내가 카이를 도와야 할 때가 많았다. 의사에게 전화를 하고, 동생이 주 정부로부터 지원을 받을 수 있는 방법을 찾고, 동생이 복용하는 약에 대해서 배우는 등 동생의 사례 관리를 대부분 내가 맡아 하게 되었다. 일 년 반 동안 이 일을 했는데 일이 많아서일 뿐만 아니라 이로 인해 아버지와 연락하는 일이 필요했기 때문에 나는 이 일을 원망하기 시작했다. 오랫동안 대학에 가는 것을 독립하게 되는 것으로 생각하고 고대하고 있었는데, 동생의 정신질환 때문에 나는 여전히 가족 문제에 매여 있게 되었다.

2학년 말에 가서 나는, 왜 그랬는지는 확실히 모르겠지만, 카이를 보살피기를 거부하기 시작했다. 아버지는 어떻게 동생을 저버릴 수 있느냐고 하면서 몹시 화를 냈다. 그러고는 나를 더 이상 딸로 간주하지 않겠다고 했다. 나는 오히려 마음이 편했다. 대학 3학년을 잘 보냈고, 과목마다 최고 학점을 땄고, 사회생활도 다시 하게 되었다.

그해 봄 나는 여름 인턴십을 보조해 주는 여러 장학금을 받게 되었다. 인도 북부에 살면서, 티베트 불교 비구니스님들이 예술 공예 프로그램을 시작하는 데 도움을 주고 티베트어를 배우고 불교를 공부할 계획이었다. 그래서 이 여행을 보조해 줄 장학금을 받고, 환불이 불가능한 비행기표를 사고, 카메라도 빌려 놓았다. 그런데 내가 인도로 출발하기 이틀 전에 카이가 수면제를 다량 복용해 최악의 자살 시도를 했다. 카이는 급히 병원으로 옮겨졌는데 병원에서는 수면제가 혈중에 흡수되기 전에 독소를 제거하기 위해 위를 정제하는 데 사용되는 목탄으로 만들어진 알약을 위에 투입했다. 카이는 간신히 목숨을 건졌다.

아버지는 나와 연락을 끊은 것을 까맣게 잊고는 전화를 해서 내게 인도에 가든지 아니면 여기서 여름 동안 카이를 돌보든지 둘 중 하나를 선택하라고 했다. 내가 몹쓸 딸이라면 인도에 가도 좋다고 했다. 아버지의 압력에도 불구하고 나는 비행기가 출발하기 전 24시간 동안 나 나름대로 이 문제에 대해 많은 생각을 했다. 내 삶을 추구하고 공부를 하고자 하는 욕구와, 내가 카이를 잘 돌봐 주면 카이가 회복될 수도 있을 것이라는 희망을 두고 괴로워했다.

큰 실망감과 함께 나는 머물기로 결정했다. 카이는 병원에서 퇴원해 대학 부근의 내가 세 내고 있는 작은 아파트로 옮겨와 살게 되었다. 나는 카이가 여전히 자살충동을 느끼고 자해하려는 경향이 있어 그를 혼자 둘 수 없었기 때문에 항상 카이와 함께 있어야 했다. 돈을 벌기 위해 내가 파트타임으로 일하는 동안에는 내 친구들이 카이를 돌봐 주었다. 길고도 힘든 여름이었다. 마침내 가을 학기가 시작되기 전에 아버지와 나는 정신 질환을 앓고 있는 이들을 위한 농장에 카이를 보낼 수 있게 되었다. 적어도 직접적으로 내가 카이의 삶에 책임을 지지 않게 되어서 마음이 편했다.

카이는 그 농장에 오래 있지 못했다. 또 자살을 시도해서 정신병동에 갇히게 되었고 내가 카이를 다시 맡게 되었다. 나는 학교 성적이 놀랄 정도로 떨어졌고, 심하게 병을 앓았고, 남자친구와도 수차례 헤어졌고, 주말이면 코네티컷으로 달려가야 했기 때문에 친구들도 잃었고, 빚도 지게 되었다. 내가 최선을 다했음에도 불구하고 카이의 상태는 나아지는 기미가 보이지 않았다. 어떻게 보면 더 나빠진 것 같았다. 그러는 동안 나는 점점 기력이 빠져 가끔 더 이상 베풀 수 없다고 느낄 때도 있었다. 나는 동생을 무척 사랑하지만 사랑이 동생을 구해 주지 못한다는 것을 깨닫고는 절망하기 시작했다. 또 자비가 진정으로 무엇을 의미하는지에 대해서도 의문을 품기 시작했다. 불자로서 나는 자비를 고통 받는 이들을 무작정 돕는 것이라 생각했다. 그러나 내가 기력이 빠지고 지쳐 있는데 어떻게 동생을 도와줄 수 있을까.

봄에 동생은 또 한 차례 심각한 자살 시도를 했고, 그 이유를 확실하게 밝히지는 않았지만 (아버지가 심장마비를 겪은 것으로 생각한다) 같은 날 아버지도 병원에 입원하게 되었다. 불교학 교수(티베트 불교의 게셰인)의 부인인 나타샤는 두 시간이 걸리는 코네티컷행 버스를 타기 전에 내게 점심 도시락을 싸 주었다. 그날 버스를 타고 창밖을 보면서 나는 동생과 아버지를 둘 다 잃을지도 모른다는 생각을 했다. 눈물이 솟구치면서 슬펐다. 동시에 이상한 안도감을 느꼈는데 내가 이들이 죽기를 바라는 것은 아닌가 해서 죄책감이 들었다. 물론 나는 아버지와 카이가 죽기를 진짜로 원하는 것이 아니라 이런 스트레스에 쌓인 비상사태가 끝나기를 간절히 원했을 뿐이었다.

4학년 말에 가서 나는 더 이상 카이를 구하려는 노력은 의미가 없다는 결정을 내리게 되었다. 내가 최선을 다했음에도 불구하고 상황은 더 악화되었다. 놀라운 것은 아버지도 나와 같은 결론을 내렸다는 것이다. 아버지는 카이 돌보는 일을 전문가들의 손에 맡기기 시작했다. 더 이상 카이가 나와 아버지의 공통 관심사가 아니었기 때문에 나는 아버지와 거리를 두고 지내기가 수월해졌고 나 자신을 치유하는 데 관심을 기울이기 시작했다.

명상 수행과 불교철학의 도움이 없었다면 그렇게 위기로 가득 찬 시기를 견뎌내지 못했을 것이다. 매일 아침 명상 수행을 하는 동안 나는 들숨과 날숨의 호흡법을 통해서 평정을 유지하고 마음속에 있는 강건하고도 견고한 자리를 찾을 수 있었다. 명상은 나 자신의 감정을 인식하고 두려움과 불안과 같은 다루기 힘든 감정들에 압도당하지 않고 이에 대처하는 방법을 제공해 주었다. 중요한 것은, 고통을 겪는 와중에도 일순의 행복과 평정을 발견하는 법을 배운 것이다. 고통은 언제나 존재한다. 삶에는 어려움이 있게 마련이다. 중요한 것은 그런 어려움에 의미 있게 대처하는 법을 배우는 것이다.

내가 대학에서 불교에 대해 배운 것은 단순한 이론이 아니라 고통이 무엇인지를 설명하고 그런 고통을 완화시키는 실질적이고 적용 가능한 접근법을 제시해 준 것이었다. 위기나 큰 도전을 통해 우리가 종교에 대한 지적인 이해를 살아 있고 숨 쉬는 수행으로 전환하게 되는 이런 체험은 흔히 할 수 있는 일이다. 사람들은 어려운 일이 생기면 종교를 찾게 된다. 내가 알고 있는 젊은 불자들의 대부분이 중독 문제, 이별로 인한 상처, 큰 실패와 같은 시련을 겪은 후에 명상과 불교를 자신들의 삶 속에 더 깊이 이해시키게 되었다고 한다. 동생이 어려움을 겪었던 시절이 나에게 불교를 이해하는 데 전환점이 되어 주었다.

2001년 뉴욕 시. 책 사인회에서.

이야기, 열하나

청바지를 입은 부처
Blue Jean Buddha

미술을 전공으로, 종교와 철학을 부전공으로 공부했던 윌리엄스대학 마지막 해인 4학년 때, 나는 졸업 후에 무엇을 할 것인가 하는 큰 문제에 접하게 되었다. 가을 학기가 끝나갈 무렵, 지난해에 대학을 졸업한 친구가 그의 여자친구(지금은 그의 아내)를 만나러 학교에 왔다. 기독교학생회를 통해 알게 된 아담^{Adam}이었다. 그는 내게 친절하고 관대한 기독교인의 모습을 보여준, 비교적 편견이 없는 학생이었다. 그는 프린스턴신학교(프린스턴대학과는 관계가 없다) 대학원생이기도 했다.

어느 날 그의 여자친구 방에 앉아 있던 내가 아담에게 물었다.

"아담, 신학교가 뭐야?"

"종교를 학문적으로 공부하거나 성직자가 되기 위해 훈련 받는 곳이야."

아담은 친절하게 대답하고는 다시 말했다.

"여기 하버드대학 신학대학원의 카탈로그가 있는데 신학교와 비슷해."

나는 신학교가 나 같은 불자에게 맞는 곳이 아닐 거라 생각하면서도 카탈로그를 훑어보았다.

"아담, 이것 좀 봐. 불교학 강좌가 있네. 한두 과목이 아니라 여덟 과목이나 말이야! 거기다 티베트어, 산스크리트어, 중국어 등 불교 언어도 공부할 수 있겠네!"

강좌들을 훑어보자 나는 금세 카탈로그에 있는 모든 과목들을 공부하고 싶어졌다.

나는 가장 유명한 불교학 프로그램이 있는 시카고대학 신학대학원과 하버드대학 신학대학원에 지원해 두 학교에 모두 합격했다. 그러나 나는 카이 문제로 인해 윌리엄스대학에서의 마지막 학기가 너무 힘들어 지쳐 있던 터라, 하버드대학 신학대학원에서 공부를 잘 해낼 수 있을까 걱정이 되었다. 그래서 몇 년간 다니던 인사이트 명상회에서 얼마간 자원봉사를 할까 생각했다. 그러고는 직접 요가도 가르치고 명상 정진도 해 본 적 있는 불교학 교수 부인인 나타샤에게 내 생각을 얘기했다.

나타샤는 큰 관심을 보이면서, 이런 정신적인 수행과 일을 함께 할 수 있는 기회가 살아가면서 늘 있는 것이 아니라고 했다. 때가 되면 결혼도 하고 전문적인 직장도 가지고 아이도 가지게 될 텐데 그 전에 누릴 수 있는 상대적인 자유를 잘 활용하라고 했다. 나보다 연상인 친구의 조언이 큰 도움이 되었다. 아담과 마찬가지로 나타샤도 내 삶이 향상될 수 있도록, 적절한 순간에 적절한 조언을 해 준 좋은 친구이다.

하버드대학 신학대학원은 일 년 동안 입학을 유예시켜 주었다. 나는 대학을 졸업하고 6년 전 아버지가 직원으로 지원했을 당시 내가 비파사나를 배웠던 매사추세츠 주의 배리Barre로 돌아갔다. 그때 이후로 인사이트 명상회는 240년 된 농가와 돌담으로 둘러싸인 넓은 들판과 멀리 아담한

산이 한눈에 보이는 이웃 땅을 구입했다. 한 부유한 연로 회원이 수백만 달러를 기증해서 센터를 개조했다. 배리불교학센터Barre Center for Buddhist Studies라고 불리는 새 건물은, 불교학 강좌를 열고 대규모의 불교 도서관을 개설하여, 모체 단체인 인사이트 명상회가 운영하는 명상 정진을 보완할 목적으로 설립되었다. 원장은 동생과 내가 10대였을 때 인사이트 명상회에서 만난 적 있는 앤드류였는데, 그는 불교학 및 팔리어 박사 학위를 가지고 있었다. 그는 또 아래층에 사람들이 하룻밤 묵어갈 수 있는 단순한 14개의 방이 딸린 새 센터의 '명상-공부방'을 디자인했다. 이전에 목공이었던 앤드류는 그 건물을 자신이 '셰이커-선'이라고 부르는 새로운 스타일로 디자인했다. '셰이커Shaker'란 단순하지만 격조 높은 가구로 유명한 18세기 미국 기독교파를 뜻하는데, 이들의 가구는 현재도 매우 값비싼 가구 중의 하나.

연구센터를 방문하는 사람들은 모두 디자인과 보수한 건물의 아름다움과 단순함에 감탄한다. 그런데 거기서 잠을 잤던 직원들이 그 농장 건물에 귀신이 나타난다고 했다. 내 친구 수잔은 귀신들이 어찌나 성화를 부리는지 잠을 잘 수가 없었다고 했다. 서구에 잘 알려진 법사이며 태국에서 오랫동안 승려로 수행한 적 있는 잭 콘필드Jack Kornfield가 그 건물에서 귀신을 쫓아내는 액막이를 했다. 그 액막이의 한 방법은, 귀신이 이 세상

에 대한 집착을 단념하고 더 나은 곳으로 가기를 기도하는 것이었다. 수
잔은 그 이후 잠을 잘 잘 수 있었다고 했다.

스물두 살로 대학을 졸업한 나는 센터에서 막힌 변기를 뚫고 명상용
방석을 가지런히 정리하고 양파를 자르는 등 갖가지 궂은 일을 다 했다.
명상 정진을 하기 위해 사람들이 도착했을 때, 나는 거기서 나하고 스무
살에서 마흔 살까지 나이 차이가 나는 사람들 사이에서 내가 가장 젊은
사람이라는 것을 알게 되었다. 모두들 흰머리 아니면 대머리였다. 내가
처음 만났을 때 젊은이였던 법사들이 지금은 은퇴에 관한 잡지를 우편으
로 받아 보고 있었다. 센터는 계단에 난간을 설치해 걷기 불편한 노인들
이 이용하기 편리하도록 건물을 개조했다. 참가자들은 신경통이 있다거
나 등이 아프다는 이유로, 또는 기타 심각한 건강 문제로 일을 도울 수
없다고 하는 경우가 적지 않았다. 나는 불교가, 적어도 비동양인들 사이
에서는, 이들 구세대와 함께 사라지지 않을까 걱정되었다. 젊은 불자들
은 도대체 어디에 있는지 궁금해지기 시작했다.

그 당시 나는 열여섯 살에 정진하면서 알게 된 매튜와 우연히 다시 만
나게 되었다. 매튜는 인사이트 명상회에서 직원으로 일했는데, 몇 년간
센터를 떠나 있다가 다시 돌아오게 된 것이다. 처음에는 친구로 만났지
만, 곧 서로 좋아하게 되었다. 매튜는 나의 첫 불자 남자친구로 하타

요가에 전념하고 있었다. 내가 직원으로 일하는 동안 우리는 데이트를 했다. 나는 센터에서 일 년간 직원으로 일하고 나서 하버드대학 신학대학원에서 공부를 시작하기 전에 일종의 방학 겸 기분전환으로 매튜와 하이킹을 갔다.

버몬트의 산과 아름다운 숲을 걸으면서 나는 내 삶과 센터에서의 시간과 내 장래에 대해 생각했다. 그러자 갑자기 좋은 생각이 하나 떠올랐다. 미국의 계간 불교잡지인 트라이시클Tricycle에 젊은 불자들에 관한 칼럼을 써 보면 어떨까? 매튜와 함께 케임브리지로 이사해 새 아파트에 자리를 잡은 후 나는 트라이시클 잡지사에 내 제안서를 보냈다. 잡지사는 내 제안을 받아들였다. 나는 내가 알고 있는 몇 안 되는 젊은 불자들에 관해 글을 쓰고 더 많은 젊은 불자들을 찾기 위해 사람들과 만나면서, 젊은 불자들에 관해 쓸 수 있는 이야기가 생각했던 것보다 훨씬 많아 칼럼을 통해서는 다 표현할 수 없다는 것을 알게 되었다.

멋도 모르고 자신에 차서 나는 두 곳의 대형 불교출판사에 책 기획안을 보냈다. 출판사로부터는 아무런 연락이 없었다. 반 년 후, 나는 여름방학 동안 일자리가 필요했다. 나는 책 기획안에 대해서는 거의 잊어버리고 서머빌Somerville 부근에 있는 비영리 출판사인 위즈덤 출판사Wisdom Publications 에 일자리가 있는지 문의해 보았다. 불교와 관련된 일을 하고 싶어서였다. 그리고 며칠 후, 위즈덤 출판사에 업무비서로 고용됐다.

위즈덤 출판사에서 일하기 시작한 첫 주 어느 날, 출판사업 편집장이 내 책상 옆으로 왔다. 그는 티베트 불교학계에서 잘 알려져 있는, 퇴직을 눈앞에 두고 있는 진 스미스^{Gene Smith}였는데 내게로 와서 "자네가 제시한 젊은 불자들에 관한 책 기획안에 관심을 가지고 있네"라고 말을 했다. 우리는 곧 계약서에 사인을 했는데 그는 내게 "이 책을 쓸 때 말로만 하지 말고 보여주도록 하게"라고 했다. 이 말은 '나는 ○○을 믿는다라고 하지 말고 내가 어떻게 해서 ○○을 믿게 되었는지를 얘기하라'는 뜻이었다. 그의 충고로 인해 나는 어떻게 해야 논술보다 이야기가 더 흥미로운 책이 될 수 있는지에 대해 생각하게 되었다.

나는 책을 쓰기 위해 젊은 불자들을 전화로 인터뷰하기 시작했다. 전화를 통한 대화는 장시간 지속되었는데, 나는 내 또래의 젊은이들과 불교 수행에 관해 이야기할 수 있다는 것에 흥분했다. 나와 나이가 비슷한 젊은이들과 이야기를 나누는 것은 굉장한 체험이었다. 그러고 나서 이들의 이야기를 적어 나가기 시작했는데, 글을 쓰면서, 내가 이들의 이야기를 해석함으로써 이야기의 생동감이 줄어든다는 것을 깨닫게 되었다. 그래서 이들 젊은 불자들이 일인칭으로 직접 이야기하는 것으로 책을 재편했다. 제삼자에 의한 설교보다는 서술, 이야기, 증언 등이 훨씬 효과적인 학습법임을 깨달았다. 내가 내 또래들의 이야기를 재미있게 들었다면, 독자들도 이를 좋아하지 않겠는가.

내가 대학원에서 공부하면서 이 일을 했기 때문에 이야기를 모으는 데 몇 년이 걸렸다. 마침내 책 제목을 정해야 할 때가 되었다. 하루는 눈이 내리고 있는 숲을 걸으면서 엘턴 존Elton John의 노래 'Tiny Dancer'를 즉흥적으로 가사를 바꿔 불러 보았다.

"청바지를 입은 여인Blue jean baby, LA의 여인LA lady,……"으로 시작해서는 "청바지를 입은 부처님Blue jean Buddha, LA 부처님LA Buddha,……"으로 바꿔서 불렀다. 이렇게 해서 '청바지를 입은 부처'가 내 책 제목이 되었다.

책을 펴낸 체험을 지금 돌이켜 보면, 결과에 집착하지 않을 때 일이 오히려 더 잘 풀린다는 것을 느끼게 된다. 자아가 결부되었을 때 내가 내린 결정은 바람직하지 못한 것이었다. 이 책 자체가 독자적인 존재이며, 세상에 들려줄 만한 가치가 있는 이야기들을 출간하는 데 내가 도움을 주었을 뿐이라 생각했다. 이 책은 한국어와 중국어로 번역·출간되어 수년에 걸쳐 독자들의 사랑을 받았고 대학 교과에서도 널리 사용되고 있다. 나이 든 독자들은 사려 깊고 신중하고 깨달음의 길을 가는 데 헌신하고 있는 젊은이들이 있다는 것을 알게 되어 불교의 미래가 한결 긍정적으로 보인다고 했다.

이야기, 열둘
하버드대학 신학대학원

연구센터에서 일 년을 보내고 균형과 건강을 되찾게 된 나는 매사추세츠 주의 케임브리지에 있는 하버드대학 신학대학원에서 공부를 시작했다. 대학 장학금과 정부에서 제공하는 학자금융자를 받았다. 대부분의 학생들은 대체로 진보적이고 주류파인 교회의 목회자가 되기 위해 공부하고 있었는데 이들은 진지했다. 신학대학원의 기풍은, 학생들이 모두 전문가처럼 말쑥한 차림을 하고 강의실 복도가 활기에 차 있는 하버드대학의 법과대나 상과대와는 아주 달랐다. 신학대학원은 삶의 의미를 추구하며, 신앙심을 가지고 삶의 의미를 찾을 수 있도록 남들을 돕고자 하는 학생들의 따뜻한 마음으로 가득 차 있었다. 이들은 자유롭고도 온갖 유형의 파격적인 복장과 헤어스타일을 하고 있었다. 이곳이 바로 내가 속한 곳임은 말할 필요도 없다.

첫 수업은 불교윤리였다. 교수는 먼저 13세기에 형성된 일본 불교의 한 종파를 공부하고는 시대를 거슬러 올라가 남방의 불교를 공부하면서 불교에 관한 학생들의 기존 견해를 논박하려고 했다. 그는 색다른 과제물을 통해 우리가 지금까지 배워 온 불교에 관한 기존 지식에 도전장을 내밀었다. 그 예로 우리는 동남아시아의 불교인 '소승(히나야나)'은 개인적인 열반을 추구한다고 믿고 있었는데, 교수는 이런 믿음을 논박하기 위해 미얀마 최고의 선승인 사야도 우 판디타^{Sayadaw U Pandita}가 쓴 책을 읽고 우의^友^誼에 관한 구절을 모두 찾아보라고 했다. 놀랍게도 우 판디타는 저서 전반에 걸쳐 구도의 길을 가는 데 있어 우의의 중요함을 논하고 있었다. 소승 불교에서 구도의 길은 홀로 가는 것이 아니라는 것이 분명해졌다.

산스크리트어 수업도 들었는데, 나는 산스크리트어가 아주 어려운 언어라는 사실을 몰랐다. 첫 수업이 시작되고 한 시간도 못 되어 나는 완전히 기가 죽고 말았는데 다른 학생들은 아무렇지도 않은 것처럼 보여서 내심 놀랐다. 하루는 수업이 시작되기 전에 학생들이 엘리야^{Elijah}의 책상 주변에 몰려 있는 것을 보았다. 그는 내게 익숙해 보이는 긴 서체로 뭔가를 쓰고 있었는데 바로 티베트어였다.

"티베트어를 어디서 배웠니?"

내가 물었다.

"다른 데서 배웠어."

엘리야는 일부러 회피하듯이 모호하게 답했는데 다른 학생들이 다 제자리로 돌아간 뒤에 나는 엘리야에게 다시 물었다.

"엘리야, 이건 그냥 티베트어가 아니라 스님들이 쓰는 티베트어 서예란 말이야. 어떻게 된 일이야?"

그는 어릴 때 티베트 라마의 환생으로 밝혀졌다고 실토했다. 그의 얼굴을 자세히 살펴본 나는, 일 년 전에 한 살 더 젊은 그의 사진을 본 것이 갑자기 생각났다. 불교 잡지를 읽고 있었는데 그때는 어린아이였으나 지금은 성인이 된 그에 관한 기사였다. 나는 그때 흥미를 가지고 그의 사진을 찬찬히 살펴보았는데 그가 바로 내 눈앞에 있다니! 그의 부모님은 그가 인도에 있는 사원에서 공부할 수 있도록 캐나다에 있는 집과 가족을 떠나 티베트 스님들을 따라갈 것을 허락했다. 그 학기에 엘리야와 나는 친구가 되었고 우리는 산스크리트어의 격과 시제를 모두 암기하느라 열심히 공부해야 했다.

나는 문형진이라고 하는 독특한 한국인 학생도 만나게 되었다. 예전에 통일교인에 관해 들은 적이 있어 '문'은 귀에 익은 성_姓이었다. 사실은 대학 시절에 한 번도 서로 만난 적이 없는 한국인 여성과 결혼한 미국인을 알고 있는데 이들은 상대방 나라의 언어를 구사하지 못했다. 이런 유별난 결합(대부분의 학생들은 졸업 후에 알고 지내던 이들과 결혼한다)에 대해 매트^{Matt}에게 물었더니 그는 부모님과 자신이 통일교회('세계평화통일가정연합'이라 이름을 바꾸었다) 신자라고 밝혔다. 매트가 아주 사려 깊고 상냥한 사람이어서 나는 통일교에 대한 별다른 편견을 갖지 않았다. 문선명 목사의 막내아들이었던 형진 씨도 마찬가지로 겸손하고 성실하고 마음이 따뜻한 사람이었다. 그는 만나는 모든 사람에게 친절했다. 내가 그를 만났을 때 그는 삭발을 하고 검소한 옷차림을 하고 있었다. 한번은 그와 일미 스님(나중에 내 남편이 된)과 함께 저녁을 먹었는데 형진 씨는 부처님의 일생에 관한 이야기를 무척 좋아한다고 했다.

"그 이유는 예수의 일생에 관한 이야기보다는 부처님의 일생에 관한 이야기가 형진 씨 이야기와 유사한 점이 더 많기 때문일 거예요."

내가 말했다.

그러자 형진 씨가 다시 물었다.

"어떤 면에서요?"

"형진 씨는 세상에서 큰 영향력을 지닌 가정에서 성장했고 형진 씨 아버지의 상황 때문에 특별한 보호를 받으며 살았잖아요. 어느 순간에 형진 씨도 궁궐을 떠나 모든 것을 저버리고 의도적으로 자신을 시험하는 힘든 영적인 수행을 시작하셨던 것 같아요."

그는 내 말에 일리가 있다고 했다. 나는 형진 씨가 현명하고 사려 깊은 사람이고 큰 지도자가 될 역량을 갖추고 있다고 생각한다. 그 후에 나는 형진 씨의 부인도 만났는데 그녀도 온화하고 가식이 없는 여성이었다.

하버드라고 하는 학교의 시설 자체(벽돌, 보도, 책 등)는 특별할 게 하나도 없다. 품위 있고 아름답기는 하지만 다른 대학교에 비해 특별하지는 않다. 그러나 매년 하버드대에 오는 사람들 중에는 흥미로운 사람이 상당수 있다. 나는 대학원 학생들과 직원 그리고 교수들과 맺은 관계를 아주 소중히 여긴다. 그런 점에 있어서 한정적이고 구체적인 '하버드'란 존재하지 않는다. 하버드대는 우연적인 관계를 통해 존재하는 것으로 끊임없이 변화한다.

열네 살 때의 환수.

이야기, 열셋
남편 이야기

1970년 한국의 광주 북쪽에 있는 장성이란 작은 산업도시에서 한 남자
아이가 태어났는데 그가 지금의 내 남편이다. 세 번째 아이로 환수라는
이름이 지어졌다. 환수의 아버지는 동네에서 가장 잘 생긴 젊은이였으며
그의 집안은 유복했다. 그런 환수의 아버지는 20대 초반에 알코올 중독
자가 되었는데 환수가 태어날 즈음에는 알코올 중독 증상이 너무 심해

가족이 가난을 면치 못하는 지경에 이르게 되었다. 환수의 어머니는 말수가 적은 여성이었는데 정신적으로 조금 불안정한 상태에 있었던 모양이다. 그녀는 남편의 부족함을 말없이 감내했다.

당시 사진을 보면 집이 낡고도 작은 것을 볼 수 있다. 환수의 부모님은 늘 숨이 차 헐떡이던 맏딸의 치료비를 감당할 돈이 없었다. 환수는 아침 밥상 앞에 형과 누나와 같이 앉아 있었는데(다섯 살 때였을 것이다) 갑자기 누나가 마룻바닥에 넘어져 심장마비로 운명을 달리한 것을 기억하고 있다. 환수의 아버지가 누나를 매장했는데 환수의 아버지는 그때 술에 너무 취해 있어서 나중에 딸을 어디에 묻었는지도 기억하지 못했다.

환수는 어린 시절에 대한 좋은 기억이 별로 없다. 학교를 빼먹기 일쑤여서 수업의 절반을 결석했다고 한다. 그는 친구들과 근처의 산과 장성군을 가로질러 흐르는 큰 강가에서 시간을 보내곤 했는데 함께 물고기를 잡고 밭에서 수박서리를 했다. 집에서의 생활을 견딜 수 없게 되자 환수는 민가 부근 언덕배기에 작은 절을 소유하고 있던 할머니에게로 가서 살았다. 체구가 왜소했던 할머니는 환수를 가르치는 데 최선을 다했다. 할머니는 여덟 명의 자녀 중에서 여섯을 잃었다. 환수의 삼촌은 출가해 염불 독경으로 아주 유명해진 지범 스님이다.

환수는 열네 살에 가출하기로 마음먹고 서울로 가서 일 년을 살았다.

그때 환수는 고등학교 검정고시를 공부해 시험을 치르고 합격을 했는데, 세상에 대해 아무것도 기대할 것이 없다고 생각하고는 몇 달 후, 일 년 만에 장성으로 돌아왔다. 그러고는 자살하기로 마음먹고 동네 약국에서 수면제를 사 모으기 시작했다. 그 무렵 환수의 삼촌이 이상한 느낌을 눈치채고 있었는지는 모르지만 갑자기 환수에게 연락해, 제주도에 있는 고찰古刹의 주지로 있던 법형제인 시몽 스님을 같이 보러 가자고 제안했다.

환수는 시몽 스님이 곧 마음에 들었다. 스님은 특별히 다정하다거나 친절하지는 않았지만 정중하고 순수하고 진지한 분이었다. 환수는 '내가 따를 수 있는 분'이라고 생각했던 것을 기억하고 있다. 환수는 아버지와는 달리 정중하고 한결같은 스님으로부터 감동을 받았다. 시몽 스님은 절에서 환수에게 청소와 같은 간단한 일들을 시켰다. 환수는 일주일만 머물 생각이었지만 조용하고 평화로운 절이 좋았다. (사실 어느 곳이든 집보다는 나았다.) 시몽 스님은 환수에게 매일 절하고 독경하는 수행을 시작하게 했는데 환수는 가족들을 위해 정성으로 기도했다. 절을 하는 중에 운 적도 있었다. 일종의 치료법이었던 것 같다. 울음이 가시자 스님은 불교경전의 한자를 사경하는 법과 사경한 한자들이 어떤 뜻을 가졌는지를 가르쳐 주었다. 일 년이 채 못 되어 환수는 계를 받고 스님이 되었고 일미라는 법명을 받았다. 일미는 그 절에서 일 년 남짓 더 머물렀다.

수도방위사령부에서 복무하던 군대 시절의 일미 스님.

계를 받은 직후 무렵, 광주 외곽의 밭에서 일을 하던 어머니가 갑자기 뇌졸중을 일으켰다. 같이 일하던 사람들이 어머니를 구하기 위해 손가락을 찔러 피를 빼려고 하는 바람에 피투성이가 되어 버린 어머니는 밭에 누운 채 곧 돌아가셨다. 일미는 이틀 후 장례식장에서 부패하고 있는 어머니의 시신을 본 것을 잊지 못한다. 그제야 일미는 착한 일을 하든 나쁜 짓을 하든 언제나 먹을 것을 꼭꼭 챙겨 주시던, 이 세상에서 하나뿐인 어머니가 돌아가셨다는 것을 절감하게 되었다.

1987년 열여섯 살 때의 수계식. 앞줄 왼쪽에서 세 번째가 일미 스님이다.

절로 돌아간 일미는 대학입학 시험을 준비해서 동국대학교에 들어갔고, 삼 년에 걸친 병역의무를 마치고 일본에서 일 년간 일본어 공부를 했다. 학교를 다닐 때 일미는 하버드대학에서 불교학을 공부하고 싶다고 친구들에게 이야기하곤 했는데 친구들은 불가능한 일이라 여겼다. 일미는 다시 일 년간 독일에서 유럽의 불자들을 만나고 독일어를 공부한 뒤 영어 공부도 할 겸 뉴욕시 외곽에 절을 막 세운 동국대 선배인 휘광 스님도 도울 겸 해서 미국으로 왔다. 나중에 일미는 하버드대, 예일대, 컬럼비

아대에 지원해 모두 합격했고 결국 하버드대학으로 가기로 결정했다.

1999년 6월 내가 하버드대학의 로웰 기숙사에서 나오는 동시에 일미는 여름 코스를 듣기 위해 기숙사로 들어왔다. 우리는 그때 서로 만나지 못했다. (일미의 삶에 관해 더 알기를 원한다면 일미가 자서전을 쓸 때까지 - 언제가 될지는 모르지만 - 기다려야 할 것이다.)

수미, 일미를 만나다

일 년 반 동안 매튜와 사귀면서 나는 우리가 서로 잘 맞지 않는다는 것을 느끼게 되었다. 내가 하버드대학 신학대학원에서 첫해를 마무리 지으면서 그해 봄에 매튜와 헤어지기로 한 것은 무척 힘들었다. 우리 둘 다 사귀기 시작했을 때부터 언젠가는 결혼할 것이라 생각하고 있었기 때문이었다. 우리는 양측 부모님들과도 상당한 시간을 함께했고 서로의 삶에 관해 모르는 것이 없을 정도였다. 우리가 헤어졌을 때 스물네 살이었던 나는 무척 심하게 마음을 앓았다.

그해 여름, 친구 엘리야와 그의 아내가 티베트에 가 있는 동안 나는 그의 아파트에서 지냈다. 몇 년 동안 스님이었던 엘리야는 열세 살 때부터 알고 지내온 아름다운 프랑스 여성 엠마뉴엘과 결혼했다. 나는 이들의 결혼을 동경했다. 나는 엘리야에게 특별한 감정을 느낀 것은 아니지만 그처럼 불교를 깊이 이해하고 교양 있는 사람이 내 남편이 되기를 바랐다. 나는 어떤 자질을 가진 남자친구를 원하는지를 글로 적어 보라는 한 친구의 제안을 받아들여 남자친구에 관한 목록을 만들어 보았다.

친절한 사람

관대한 사람

남의 말을 잘 듣는 사람

자기 자신을 이해하는 사람

스트레스를 받을 때도 평정을 유지할 수 있는 사람

다양한 주제를 놓고 토론하기를 좋아하는 사람

남성 위주가 아니며 여성을 존중하는 사람

다투고 나서도 금세 잊어버리는 사람

잘못을 인정할 줄 아는 사람

나를 아껴주고 칭찬을 자주 해 주는 사람

나를 아름답게 보는 사람

나를 존중하는 사람

내가 기분이 좋지 않을 때 이해해 주는 사람

화가 났을 때에도 비꼬거나 헐뜯거나 상처 주는 말을 하지 않는 사람

내가 뚱뚱하다고 탓하지 않는 사람

내 가족을 있는 그대로 받아들이는 사람

집안일의 절반을 기꺼이 하는 사람

깨끗하고 정갈한 사람

자신을 돌볼 줄 아는 사람 (예: 바느질하기, 간식 먹은 후 뒷정리하기 등)

내 친구들을 좋아하는 사람

착하고 건전하고 도덕적인 친구들을 가진 사람

남을 도우려고 애쓰는 사람

교육을 받은 사람

나만의 공간을 제공해 줄 수 있는 사람

노래하고 춤추고 여유를 찾을 줄 아는 사람

시간을 잘 지키는 사람

영화를 좋아하는 사람

아이들을 원하고 평생 결혼을 원하는 사람

밝은 성격을 지닌 사람

근면한 사람

정신적인 것에 관심이 있거나 불교 수행을 하는 사람

국제적인 차원에서 문제를 이해할 수 있는 사람

모든 것이 서로 연계되어 있음을 이해하는 사람

내가 해를 입지 않도록 해 주는 사람

중요한 일을 성취하는 사람

무상과 고통의 본질을 이해하는 사람

뭐든지 다 특별하고 흥미로운 것으로 받아들이는 사람

매튜와 헤어진 나는 그해 여름을 무척 우울하고 외롭게 보냈다. 하루하루가 고통스러웠다. 어느 날 저녁 나는 에어컨도 없는 더운 아파트 창가에 앉아 나 자신을 한탄하고 있었다. 그러다 갑자기 창문 아래 길에서 들려오는 소리에 귀를 기울이게 되었다. 그러고는 길 건너편에서 들려오는 소리에 귀를 기울이고, 다음에는 가능한 한 도시 저편에서 흘러나오는 소리까지 들을 수 있도록 귀를 기울여 보았다. 이런 소리들을 들으면서 나는 혼자가 아니고 내 주변에는 언제나 사람들이 분주히 살아가고 있다는 사실을 깨달았다. 나는 일어나 앉았다. 우울증이 사라졌다.

그 주 주말이었다. 일을 마치고 자전거를 타고 집으로 돌아오는데 비가 내리기 시작했다. 처음에는 좀 춥기도 하고 비에 젖게 된다는 것에 화가 났는데 어느 순간, '비에 젖는다는 것하고 춥다는 것이 왜 비참한 일일까'라는 생각을 하게 되었다. 내가 당연한 감정이라고 생각한 것을 놓아 버리고 내리는 비를 있는 그대로 체험하면서 '자, 이것도 삶이고 멋진 것'이라는 생각을 하게 되었다.

또 한번은 그해 여름 아파트에서 몹시 울었던 것을 기억한다. 한참 울다 보니 기분이 좀 나아지기 시작했다. 내가 살아 있는 감정을 지닌 인간이며 내가 과거나 지금이나 다를 바가 하나도 없다는 것을 깨달았기 때문에 우는 것은 나쁜 것이 아니었다. 나쁜 체험이나 무의미하다고 느꼈던 경험들도 유익하고 소중한 것이 될 수 있음을 알았다.

9월이 되어 나는 하버드대학 신학대학원에서 가을 학기를 시작해 공부에 다시 전념했다. 크리스 퀸 교수가 가르치는 '미국 불교' 강좌를 신청하고는 첫 수업에 갔는데 학생들이 몇 명밖에 없었다. 강의실 번호가 목록에 잘못 게시되어 학생들 대부분이 다른 강의실로 갔기 때문이었다. 다행히 한 학생이 교수가 강의실에 없다는 것을 알고는 수업이 열리고 있는 강의실을 찾아내어 한 무리의 학생들이 강의실로 들어왔다. 감색 격자무늬 셔츠와 카키색 바지를 입고 머리를 삭발한 한 신입생이 곧 눈에 들어왔다. 걸음걸이는 침착했고 자신감에 차 있었지만 조금 수줍어하는 것 같았는데 그는 나를 마주보는 반대쪽에 자리를 잡고 앉았다. 그가 나를 본 것 같지는 않았지만 나는 강의 내내 그를 유심히 쳐다보았다. 이 신입생을 만나보고 싶었다.

다행히 하버드불교학생회에서 나와 공동의장을 지낸 친구 매트가 이 신입생과 벌써 알고 지내는 사이였는데 강의가 끝난 뒤 복도에서 이들과 만나게 되었다. 이들이 나를 향해 다가오자 나는 갑자기 초조해지기 시작했다.

"수미, 일미 스님이야. 한국 스님인데 하버드불교학생회 활동에 참여하고 싶어 하셔."

매트가 말했는데, 매트는 '스님'이라는 말을 강조하고는, 지금 승복을 입고 있지는 않지만 금욕하는 분이니 관심을 갖지 말라는 듯한 눈치를 보냈다. 그 눈치를 알아채고 나는 가능한 한 정중하고 공식적으로 나 자신을 소개했다. 나는 '하필이면 스님이라니'라고 생각하고는 한 시간 전부터 자라고 있던 로맨틱한 감정을 곧 묻어 버렸다. 내가 처음 받은 인상은 그가 아주 온화하고 진지해 보인다는 것이었다. 나쁜 구석이라고는 전혀 없어 보였다.

다음에 나는 일미(그는 친구들에게 '스님'이라는 말을 빼고 그냥 '일미'로 불러 달라고 했다)를 대학원 복도에서 만났는데, 내가 하버드불교학생회(HBC)의 게시판에 새로운 포스터를 붙이고 있을 때였다. 일미는 내게 다가왔다. 우리는 하버드불교학생회의 활동에 대해 이야기를 나누었는데 서로 아주 정중하게 대했다.

"도움이 필요하면 알려주세요. 활동을 같이하고 싶습니다."

그가 예의바르게 말했다.

나는 일반 학생들보다 훨씬 많이 알고 있을 텐데 스님을 어떻게 관여시킬 수 있을까 하면서도 아침 명상에 참가하고 '보리의 날(Bodhi Day, 부처님 오신

2000년도 하버드불교학생회 임원들.
우리 여섯 명은 매달 정기적으로 만나 불교와 사회 문제들에 대해서 논의했다.

날' 행사에 도움을 주면 어떻겠느냐고 제안했다. 그 후 몇 달 동안 나는
로맨틱한 감정 없이 공부에 열중할 수 있었다.

겨울방학 때 나는 며칠 동안 매사추세츠 주의 배리에 있는 명상센터에
갔다. 거기서 동남아시아에서 십 년간 스님으로 있다가 최근에 센터 직원
이 된 한 남자를 만났다. 그는 승복을 벗고 환속했는데 내게 큰 관심을
보였지만 나는 확신이 서지 않았다. 그는 나보다 열다섯 살 연상이었고
나는 최근에 심각한 관계로부터 벗어나 자유를 즐기고 있던 참이었다. 내

가 학교로 돌아온 뒤에도 그는 계속 연락을 하며 내 마음을 얻으려고 했다. 언젠가 한 번은 그에게 친구 이상의 관심이 없다고 했는데도 그는 내 말을 믿지 않았다. 그래서 "내년에는 꼭 싱글로 있고자 합니다. 나는 이 문제를 아주 진지하게 생각하고 있으며 사실은 곧 금욕계를 받게 될 겁니다"라고 그에게 밝혔다.

내가 한 말에 나도 놀랐다. 그러고는 이 문제에 대해 심각하게 고려해 보았다. 나는 공부와 불교학생회에 전념하고 싶었다. 계는 좋은 계기가 될 것이다. 나는 이를 좀 더 어떻게 공식적으로 할 수 있을까를 생각하다가 일미 스님이 나를 위해 이 의식을 제공할 수 있는 적임자임을 깨닫게 되었다. 나는 일미에게 "의논할 것이 있는데 우리 기숙사로 와서 알고 지내는 기숙사 학생들과 함께 저녁을 먹으면 어떻겠느냐"고 이메일을 보냈다. 그는 좋다고 답을 보내왔다.

며칠 후 일미는 우리 기숙사로 왔고 내가 스터 프라이를 만드는 동안 기숙사 주방에서 일본계 미국인 친구 알리사와 이야기를 나누었다. 학생들이 주방을 들락거렸고 또 다른 친구 하나가 우리와 저녁을 함께했다. 저녁을 먹고 일미와 알리사와 나는 내 방으로 가서 이야기를 더 나눴다. 일미는 내 책장을 보다가 맨 아래 선반에 있는 가족사진 앨범을 꺼냈다. 그러고는 사진을 보면서 일미는 우리 가족에 대해 묻기 시작했다. 알리사와 나는 매우 놀랐는데 그전에는 일미가 내성적이어서 우리가 그를 대할 때 조심스러웠기 때문이었다. 일미는 농담도 하고 내 구식 컴퓨터를 두고 나를 놀리기도 했다. 일미에 대한 감정이 다시 솟아나는 것을 막을 수가 없었다. 그렇게 저녁은 끝이 났는데 일미에게 금욕계 의식에 대해서는 물어보지도 못한 채였다. 나는 또 알리사 앞에서 일미에게 부탁한다는 게 어색하게 느껴졌다.

그 후로 우리는 하루에도 몇 번씩 이메일을 주고받았다. 이메일을 받을 때마다 뭔가에 조금씩 가까워지는 것 같았지만 표현이 너무 우회적이어서 무슨 뜻으로 하는 말인지 알 수는 없었다. 마침내 나는 일 년간 내가 공부와 수행에 헌신할 수 있도록 그에게 도움을 요청할 때가 되었다 생각하고 그에게 "의논할 게 있다"고 이메일을 보냈다. 일미는 "나도 그래요. 내일 독일어 강의 후에 만납시다"라는 답을 보내왔다. 그날 밤 나는 잠을 잘 수가 없었다.

다음 날 저녁 나는 친절하고 개방적인 장로교인으로 목회자가 되기 위해 공부하고 있는 한국인 학생과 기숙사 계단에 앉아 있었다. 그는 내게 한국말로 인사하는 법을 가르쳐 주었는데 적어도 50번 이상을 반복하고 나서야 제대로 말할 수 있었다. 나는 몰랐지만 그는 일미가 이를 고맙게 여길 것을 알고 있었던 것이 분명했다. 날이 어두워지고 가랑비가 내리기 시작했다. 일미가 도착했고 우리는 한국인 학생과 인사를 하고는 헤어졌다.

일미와 나는 근처 작은 공원으로 걸어갔는데 비에 젖은 나뭇잎들이 오렌지색 불빛에 빛나고 있었다. 나는 벤치에 앉았고 일미는 내 건너편 바닥에 앉았다. 대화는 일상적인 얘기에서 진지한 얘기로 옮아갔다. 오랜 침묵이 흘렀다. 그러고는 일미가 "어때요?"라고 내게 물어왔다.

"괜찮아요. 조금 피곤하긴 하지만."

"그게 아니라, 내 말은 당신의 감정을 말하는 겁니다."

그가 무슨 말을 하는지 알고 있었지만 나는 그의 질문을 피하려고 했다.

"당신은 좋은 사람이고, 내 친구가 되어 주어 정말 고마워요."

일미는 세 번째로 같은 질문을 했고 나는 또 정중한 답을 했다. 한동안 침묵이 흘렀고 마침내 내가 일미에게 물었다.

"당신은 어떻게 느끼세요?"

일미는 한동안 땅을 쳐다보았다. 그러고는 우리가 함께하는 삶을 생각해 보았노라고 했다. 이전에는 나와 같은 불자를 만나본 적이 없었는데 이제는 두 불자 간의 결혼이 어떤 것인지 상상할 수 있게 되었다고 했다.

나는 그의 단도직입적인 말에 무척 놀랐다. 놀라기는 했지만 사실은 나도 지난 몇 주 동안 가끔 그런 생각을 한 터였다. 그래서 나도 우리가 함께하는 것에 대해 생각해 보았노라고 시인했다. 우리는 긴장을 풀고 미소를 지었다. 우리는 일어나서 좀 걸으면서 실제 생활에서 어떻게 이를 성사시킬 수 있을지에 대해 이야기를 나누었다. 나는 일미에게 그가 불교계의 일을 계속하는 것이 내게는 중요하므로 성직자 역할을 포기하지 말라고 했다. 그러면서 마음은 그도 나와 같은 감정을 느끼고 있었다는 것을 알게 된 기쁨으로 날아갈 것만 같았다. 우리는 작별 인사를 하고 각자의 기숙사로 돌아왔다.

기숙사 내 방으로 들어와 앉자마자 수많은 생각이 동시에 밀려왔다. 일미가 끓어오르는 욕망을 주체하지 못하는 순진한 젊은이에 불과한가, 아니면 진지하게 결혼할 의향이 있는 사람인가. 단순히 금발과 푸른 눈을 가진 미국 여성과 결혼한다는 생각에 매혹된 것은 아닌가. 나는 그와의 낭만적인 사랑에 빠진 것에 불과하고, 결국에는 정신을 차리고 그가 적절한 남편감이 못 된다는 것을 느끼게 되지는 않을까. 나는 일미에 대해 동양학자로서 환상을 가진 어리석은 여자는 아닌가. 이런 의구심에도 불구하고 내 미래는 일미와 함께하는 것임을 직감적으로 알 수 있었다. 우리가 함께한다는 사실이 너무 명확했기 때문에, 주저하는 생각이 없다면 오히려 어리석은 사람이 되기라도 하듯이 나는 이런 걱정들을 하지 않을 수 없었다.

몇 년에 걸쳐 일미를 알게 되면서 나는, 모든 사랑이 그렇듯이, 가슴을 울렁거리게 만들고 집중도 할 수 없게 만드는 '사랑에 빠진' 느낌을 돋워주는 상대방에 대한 이미지를 이상화했다는 것을 깨달았다. 결국 이런 감정은 잦아들고 우리는 상대방의 결점을 보게 된다. 그러나 우리의 관계가 이전 관계들과 달랐던 것은, 일미를 알게 될수록 더 깊은 감동을 받게 된다는 것이었다. 나는 일미가 사소한 결점과 몇 가지 눈에 거슬리는 습관을 가지고는 있지만 한편으로 훌륭한 성품은 물론 나로 하여금 그를 더욱 존경하게 만드는 측면(우리가 금방 인식하지 못하는)도 갖추고 있다는 것을 알게 되었다. 그 예로 나는 한 번도 일미가 인색한 것을 본 적이 없다. 남들이 그에게 뭔가를 부탁하면 그는 아까워하는 기색 없이 곧장 건네준다.

나는 몇 년 전, 내가 일미를 만나기 전에 만들었던 남자친구에 관한 목록을 보고는 놀랍게도 일미가 내가 원하는 자질을 모두 갖추고 있다는 것을 알게 되었다. 그는 또 내가 소중하게 여기리라고 생각하지 못했던 자질도 지니고 있었다!(단 한 가지 예외가 있다. 일미는 자연을 즐기지만 나만큼 좋아하지는 않는다.) 11년이 지난 지금도 그렇지만 지금까지 만난 수많은 사람들 중에서 내가 가장 존경하고 흠모하는 사람은 바로 일미이다.

처음에는 일미와 결혼하는 게 좋은 생각인지 확신이 서지 않았지만 마침내 나와 나의 과거를 이해할 수 있는 사람을 만났다고 생각했다. 나는 장애가정에서 자랐고 많은 고통을 겪었다. 또 사원에서처럼 끊임없는 훈련과 수행과 엄격함 속에서 성장한 색다른 체험도 가지고 있다. 어떤 남자친구가 나의 이런 두 측면을 이해할 수 있겠는가? 일미다. 일미도 힘든 어린 시절을 겪었고 절망과 가난을 체험했다. 사원에서의 수행을 통해 힘과 방향을 찾았다. 나 역시 그런 일미를 이해할 수 있었는데 이 때문에 문화적인 차이는 큰 문제가 되지 않았다. 과거의 상처를 치유하고자 하는 공통된 바람과 상대방에 대한 이해가 우리에게는 아주 소중했다.

몇 년이 지난 후 우리는 우리 아이들이 어떤 삶을 살게 되기를 바라는가에 대해 얘기했는데, 우리가 체험하지 못했던 사랑과 행복을 아이들에게 주고 싶다는 데 의견을 같이했다. 이것이 우리들의 상처도 치유해 줄 것이라 생각했다. 일미와 나의 관계는 우리에게 우리가 부모님들로부터 받지 못했던 안정과 편안함을 제공해 주었다. 불교에 귀의하고 서로에게 귀의함으로써 우리는 성장하고 더 온전한 사람이 될 수 있었다.

이야기, 열다섯

불교의 또 다른 면모

2000년. 하버드대학 신학대학원의 두 학생들과 함께 뉴욕 불광선원을 방문하다.

"수미, 이번 주말에 뉴욕에 있는 불광선원에 가지 않을래요? 한국 불교를 접할 수 있을 거예요. 다른 불교학과 학생들도 가고 싶어 해요."

일미가 말했다.

"글쎄요. 외국인들이 가면 절 신도들이 이상하게 생각하지 않을까요?"

"그렇지 않아요! 만나면 아주 좋아할 거예요."

나는 언어도 관습도 모르는 곳에 간다는 게 걱정되었다. 그러나 미국 불교 강좌에서 민족적 그리고 문화적인 것을 근간으로 하는 아시아 스타일의 불교와, 개종과 전통과의 단절을 바탕으로 하는 미국/서구 스타일의 불교의 차이점에 대해 많이 읽었기 때문에 흥분도 되었다. 사실, 나는 이 차이점을 두는 것 자체에 대해서 비판적이었다. 왜냐하면 개종한 서구 불자들이 불교철학 사상과 수행만을 중요시하면서 수행과 사상보다는 민족적·문화적인 요소가 강한 아시아 불교를 기복적이라 종종 무시하기 때문이었다. 하지만 반대로 우리가 공유하고 있는 불교 전통이라는 큰 울타리가 우리를 분리하는 민족적·문화적 전통보다 더 큰, 통합하는 힘이 될 수 있다고도 생각했다.

며칠 후 우리는 일미의 자동차를 타고 숲이 우거진 불광선원 진입로를 거쳐 자갈이 깔린 주차장으로 들어섰다. 불광선원은 18세기 미국에서 볼 수 있는 식민지 시대 스타일의 집이었는데, 일단의 신발들이 문 밖에 놓여 있는 것이 이와는 다르다는 것을 보여주고 있었다. 토요일 저녁이었는데 한국인 어머니와 할머니들이 일요법회를 준비하느라 바쁘게 움직이고 있었다. 내가 처음으로 주목하게 된 것은 성별에 따른 일의 분배였는데 훨씬 많은 여성들이 육체적인 일을 하는 반면 소수의 남자 신도들은 중요한 문제를 다루는 일을 하는 것이었다.

일미는 나와 동양 사찰을 처음 방문하는 대학원생들을 법당으로 이끌었는데 여기서 나는 두 번째 충격을 받았다. 우리 눈앞에는 세 개의 금동 불상과 꽃, 과일과 음식 그리고 전등불 등 눈부신 색깔과 불빛들이 펼쳐져 있었다. 대부분의 서구 불교센터에는, 불상이나 장식이 없는 것은 아니지만 아주 미미한 정도다. 우리 부모님 세대의 불자들은 그들이 새롭게 받아들인 불교만이 아닌 전통 기독교의 극히 종교적인 의식이나 기도 행위로부터 거리를 두는 데 최선을 다했다는 것을 책에서 읽은 적이 있다. 일본 선 불교의 미학이 미국에 끼친 영향을 반영해 장식이 거의 없는 생활방식 속에서 성장해 왔기 때문에 처음에는 한국식 불단이 너무 호화롭다고 생각했다. 금박은 화려했고 불상은 비만해 보였다. 또한 불교에서는 열반하신 후에 부처님은 더 이상 존재하지 않는다고 가르치는데 공양을 올린다는 것이 이해가 되지 않았다.

그러나 향냄새는 무척 좋았다. 내 어린 시절을 상기시켜 주었다. 좌선하는 데 사용하는 방석도 눈에 익었다. 삼배를 하면서 나는 마음이 그야말로 편안해졌는데 불교와 함께 성장하지 않은 학생들은 법당이 매우 낯설었을 것이다. 절 주지인 휘광 스님은 둥근 얼굴에 두꺼운 안경을 끼고 베레모를 쓰고 있었는데 우리들은 스님과 신체적인 접촉을 해도 되는지 몰라서 처음에는 정중하게 대했다. 그런데 주지스님은 우리들과 악수를 하고는 자기가 마피아같이 보이지 않느냐 하고는 손가락을 입에 넣고 돌리면서 기관총 소리를 냈다. 우리는 웃음을 터뜨렸고 긴장을 풀었다. 다른 스님들은 우리 주변에서 수줍어했고 말을 별로 하지 않았다. 우리는 출가한 스님들을 절 직원으로 보는 것이 어색했고 이들을 외진 산속에 있는 절에서 오로지 참선만 하는 사람들로 생각했다. 서구의 불교센터에서는 센터 운영과 가르치는 것을 남녀를 포함한 재가불자들이 맡아서 했기 때문이었다.

그날 밤 우리 학생들은 근처 호텔에서 묵었고 일미는 절에 머물렀다. 일요일 아침 일찍 스님들이 예불을 끝낸 후 주지스님은 우리를 데리고 동네 간이식당으로 아침을 먹으러 갔다. 승복을 입은 다섯 명의 스님과 함께 미국 식당에 들어가는 것이 이상했다. 그런데 식당 종업원들은 스님들을 잘 알고 있는지 묻지 않고도 커피와 웨스턴 오믈렛을 주문한다는 걸 이미 알고 있었다. 절로 돌아가자 어제 저녁에 있던 보살님들이 분주히 오가며 많은 음식을 준비하고 있었다. 오전 10시 30분경 맨해튼에서 재가불자들이 몇 대의 버스를 타고 와서는 법당으로 들어가 절을 하기 시작했다. 우리 학생들은 뒤쪽에 서서 곧 시작될 명상을 기다렸다. 그런데 명상 대신 모두 절을 하고 경을 읽기 시작했다. 우리도 같이 했는데 아홉 번째 절을 할 즈음 나는 몹시 지쳤다. 하지만 지친다는 생각보다는 앞에서 절하는 보살님의 엉덩이에 내 머리를 부딪치지 않을까 하는 걱정이 먼저 들었다. 나는 비록 절과 독경을 하면서 자라기는 했지만 그건 아주 일부에 불과했고 거의 95퍼센트를 명상을 하는 데 보냈다. 그런데 이 절에서 우리는 5분간 명상했을 뿐이었다. 나는 비로소 내가 읽은 책이 옳다는 것을 깨달았다. 아주 다른 스타일의 불교였다.

점심때가 된 것을 우리는 무척 고맙게 생각했는데 법당이 사람들로 가득 차서 무척 더웠기 때문이었다. 우리는 식탁 아래쪽에서 신참 불자들과 같은 중요하지 않아 보이는 사람들과 점심을 먹겠지 했는데, 그와 반대로 윗자리로 옮겨 가 스님들과 함께 점심을 먹게 되었다. 우리가 외국인이라는 이유만으로 사회적인 지위를 건너뛰어 윗자리로 가게 되다니. 그런데 신도들은 전혀 개의치 않는 것 같아서 더욱 놀랐다. 그때 우리는 손님이었는데, 한국 사회에서 손님은 언제나 후한 대접을 받는다는 것을 지금은 안다.

맛있는 점심을 먹는 동안 절의 주지스님이 정신적인 지도자일 뿐만 아니라 행정적인 책임도 맡고 있는 분이란 걸 알게 되었다. 다른 절의 주지스님들과 마찬가지로 휘광 스님도 법문을 하는 것은 물론이고 전기요금 내는 일도 책임을 지고 있었다. 이는 서구 센터들의 방식과는 아주 다른 조직모델이다. 서구의 센터들은 대부분, 예를 들면, 봉사단체에서 활용하는 비영리 운영 체제를 근간으로 한다. 매사추세츠 주의 배리에 있는 명상센터는 이사회, 원장과 직원, 그리고 법사회로 구성되어 있는데 법사들에게 여러 면에서 가장 큰 권한이 있지만, 운영과 관리 문제라면 이사회에 안건을 상정하는 원장과 직원들이 권한을 행사한다. 나는 휘광 스님이 재가신자와 신참스님들을 지도하는 것을 보면서 주지제도의 효율성을 이해하게 되었다. 그러나 주지스님이 정신적인 스승으로는 뛰어나지만 행정적인 면에서 별 재주가 없다거나 또는 그 반대인 경우 사찰은 어떻게 이에 대응하는지 궁금했다.

점심 후 밖에서 아이들이 놀고 사람들이 어울리는 것을 지켜보았다. 내가 무척 고맙게 여기는 사원의 한 측면이 바로 이런 사회성이다. 수없이 많은 서구 센터들을 방문했지만 거기서 사람들은 서로 말 한마디 나누지 않은 채 오가고 명상했다. 선 센터에서 성장했기 때문에 나는 서구의 명상센터에서 뭔가 중요한 것이 빠진 듯한 느낌을 늘 받아왔다. 그런데 여기 한국 절에서는 여러 세대가 어울리고 이야기 나누는 것을 허용했다. 신도들은 서로 오랫동안 잘 알고 지내 와서 가끔 부대낄 때도 있을 정도였다. 이 방문을 통해 나는 어느 그룹에도 속하지 않는다는 것을 깨달았다. 개종한 학생들처럼 '명상이 불교다'라고 생각하지도 않았고 명상을 주된 수행으로 보지 않는 동양의 불자들과도 나는 달랐다.

케임브리지로 돌아왔을 때, 우리가 미국 땅을 떠난 것도 아니었고 절에서 24시간을 보냈을 뿐이었는데도 나는 마치 외국을 다녀온 것 같은 느낌이 들었다. 나는 이 두 불교가 아주 다르다는 것을 이해하게 되었고 이렇게 서로 다른 두 불교를 융합하려는 노력에 의구심을 가지기 시작했다. 미국인들이 불교의 이런 종교적 양상을 좀 더 쉽게 받아들이게 되고 차세대 한국계 미국인들이 이들 두 불교 사이의 간극을 메우기 시작할 때까지, 우리는 언어와 문화로 인한 서로 다른 두 유형의 불교로 존재할 것이다. 그 후에도 나는 불광선원을 여러 번 찾아갔는데 휘광 스님과 신도들은 언제나 나를 반갑게 맞이하고 편안하게 대해 주었다.

한국에서 보낸 여름

하버드대학 신학대학원에 학생으로 있을 때 일미는 한국에 계시는 지광 스님을 초청해 법문을 하도록 주선했다. 하버드불교학생회 의장이었던 내가 지광 스님을 모시는 책임을 맡게 되었는데, 법문이 끝나고 저녁을 먹으면서 스님을 좀 더 잘 알게 되었다. 지광 스님은 서울 외곽에 자리하고 있는 능인선원으로 나를 초청했다. 6개월 후인 2001년 여름에 졸업을 한 나는 능인선원에서 한 달을 보냈다. 그리고 첫 두 주 동안 나는 80여 명의 학생을 대상으로 불교를 가르쳤다.

이 강의에는 20대의 젊은이와 40대가 넘은 성인들이 함께 참석했는데 주부, 학생, 회사 중역을 포함해서 많은 사람들이 왔을 뿐만 아니라 심지어는 기독교인도 있었다. 동양을 불교의 스승으로 여겨 오던 내가 한국 불자들에게 불교에 대해 가르친다는 것이 이상하게 느껴졌다. 그러나 지광 스님과 절 직원들이 불교에 대한 서구인의 관점이 유익할 수 있다고 보고 있었기 때문에 나는 가르칠 자격은 없지만 시도해 보기로 했다.

첫 수업에서 나는 서구인과 한국인 불자들이 서로 배우고 공유할 수 있는 것이 무엇인가를 다루었다. 왜냐하면 우리는 모두 폭력, 이혼, 마약, 술, 산업화, 스트레스 등의 문제들에 직면하고 있으며 이런 고통으로 인해 제기된 질문에 답할 수 있는 방안을 불교에서 찾을 필요가 있기 때문이었다. 나는 학생들에게 설문지를 나누어 주고 작성하게 했는데, 그것은 나한테서 뭘 좀 더 배우고자 하는지 파악하기 위해서였다. 응답의 일부는 가슴에 와 닿았다. '20대인 아들이 둘 있는데도 외롭다' '스물세 살 난 아들을 잃었는데 아직도 마음이 괴롭다' '내 삶으로부터 벗어나고 싶다' 등등.

하루는 내 책 『청바지를 입은 부처Blue Jean Buddha』에 실린 에세이들을 학생들에게 나눠 주고 읽게 했는데 젊은 불자들의 이야기가 학문적인 견지를 밝힌 것보다 더 흥미 있을 것이라 여겼기 때문이었다. 그 글 중 하나는 미국 뉴욕에 사업체를 차린 이재호 씨가 쓴 글이었다. 1988년 재호 씨의 아버지는 태국행 비행기를 타고 가다가 북한 공작원에 의해 비행기가 폭파되어 돌아가셨다. 이 끔찍한 사고가 난 뒤 재호 씨는 불자라는 게 뭘 뜻하는지를 깊이 생각하게 되었다. 그런데 몇 년 후 또 다른 비극이 뒤따랐다. 대학에 다니던 형이 럭비 경기를 하던 도중 목을 다쳐 하반신이 마비되었고 재호 씨가 형을 보살피게 된 것이다.

다음 날, 수업을 듣던 한 나이 지긋한 학생이 내게 와서 물었다.

"재호 씨는 언제 수업에 옵니까?"

처음에는 이 물음이 무엇을 뜻하는지 몰랐는데 곧 이 학생이 재호 씨가 한국에 살고 있는 것으로 알고 있다는 것을 알게 되었다. 그래서 내가 "재호 씨는 지금 뉴욕에 살고 있습니다"라고 했더니 이 학생은 "제가 재호 씨의 아버지를 압니다"라고 했다. 나는 시공의 재연에 놀라움을 금치 못하고 잠시 말없이 서 있었다.

그가 다시 얘기를 했다.

"저는 재호 씨 아버지의 사업 동업자였는데 가족들과 몇 십 년 동안 연락하지 않고 지냈습니다. 그 사건이 생긴 이후 재호 씨의 삶, 특히 재호 씨의 형에 관해서는 전혀 몰랐습니다. 이야기를 듣고 나니 무척 마음이 아프군요."

학생들은 좀처럼 말을 하지 않았고 가끔 동의하는 뜻으로 고개를 끄덕이는 것이 고작이었다.

둘째 주에 우리는 서구에 있어 명상과 심리치료의 통합에 대해 살펴보았다. 현 순간에 집중하고, 강한 감정이나 생각을 억압하지도 과장하지도 말고, 세 번째로 이를 단순히 인식하는 것에 대해 이야기를 나누었다. 놀랍게도 학생들은 이 주제에 큰 관심을 보였다. 그러고는 분노와 두려움과 용서를 다루는 자비 명상을 했다. 절에서나 한국 사회에서는 감정에 대해 별로 언급하지 않는다는 것을 알았다.

다음 날 점심 시간에 스님 한 분이(통역을 통해서) 내가 아주 진지해 보이는데 실제로 이야기를 해 보니 농담을 잘한다는 걸 알게 됐다고 말했다. 사실 내가 진지하게 보인 것은 문화적인 감수성을 혹시 다치게 할까 봐 정중하게 행동했기 때문이었다. 나중에 내가 알게 된 것은, 한국 사람들은 대단히 순박한 유머감각을 지니고 있으며 어떤 면에서는 미국인들보다 덜 점잔을 뺀다는 것이었다. 절 직원들은 나를 자기들 딸처럼 대해 주었는데 나는 큰 감동을 받았다. 보살님들은 종종 내 방으로 음식을 가져다주었는데 내가 도저히 다 먹을 수 없어서 공양주 보살님이 눈치채지 못하도록 음식을 처분하느라 고생했을 정도였다. 몇몇 직원은 내가 너무 야위어 보인다고 몰래 고기를 구워 주기도 했다. 한번은 누군가 나를 위해 김밥을 만들어 주었는데 치즈버거 속에 들어가는 것들을 그대로 넣어서 만든 김밥이었다.

나는 저녁 강의를 준비하는 데 세 시간 이상을 들여야 한다는 것을 알게 되었고 더 잘 가르칠 수 있게 되었다. 학생들은 계속 강의를 들으러 왔고 어떤 학생들은 강의를 연장해 줄 것을 요청했다. 한번은 스리랑카와 일본의 불교가 식민화와 기독교를 접하면서 어떻게 변화했는지에 대해 강의했다. 그러고는 학생들에게 한국 불교는 이런 변화, 예를 들면 찬불가, 경전을 공부하는 재가학생들, 사회활동주의, 포교론, 일요법회 등을 어떻게 반영하고 있는지를 생각해 보라고 했다. 학생들은 자신의 견해 밝히기를 좋아했다. 내가 미국 불교 신자인 올콧 대령이 백 여년 전에 스리랑카로 가서 그 사회에 끼친 영향 등에 관해 얘기하고 있을 때, 갑자기 학생 한 명이 나를 가리키며 올콧처럼 내가 한국 불교에 영향을 미치고 있지 않느냐는 말을 했다. 그 학생의 지적은 나로 하여금 나 자신을 성찰하게 하는 좋은 기회를 제공해 주었다.

강의가 끝날 무렵 나는 불법을 더 깊이 이해할 수 있게 되었다. 대학원에서 오랫동안 공부하면서 불교 전통을 낱낱이 파헤쳐 버렸기 때문에 나는 남아 있는 게 거의 없다고 생각했다. 그런데 우리가 함께한 명상을 통해서는 물론 강의를 통해 학생들이 조금 더 행복해지고 자신들의 삶에 대한 통찰력을 더 얻게 된 것을 보고 나는 다시 분발하게 되었다. 또한 불교의 가르침은 매우 심원하고 수승하여 설명이 따로 필요 없는 자명한 것임을 깨닫게 되었다.

종강을 하루 앞둔 수업에서 점잖은 한 남자분이 나더러 스님이 되면 어떻겠느냐고 제안했다. 나는 "머리카락을 너무 좋아해서 스님이 될 수 없어요"라고 대답했는데 학생들이 배꼽을 잡고 웃었다. 나는 이 대답이 그렇게 재밌게 들릴 거라고는 생각하지 못했다. 거기다 회색 옷(승복 색깔)이 내게는 어울리지 않는다고 덧붙였더니 또 폭소를 터뜨렸다.

나는 학생들을 하나같이 좋아하게 되었다. 지나칠 정도로 수줍어하던 어린 학생, 대담한 중년의 학생, 수업시간에 발표하는 것을 두려워하던 사업가, 거침없이 의견을 얘기하던 뉴욕에서 살았던 적이 있는 주부, 뒷전에 앉아서 귓속말을 하며 낄낄거리던 대학생, 언제나 미소를 짓고 내가 하는 말에 모두 고개를 끄덕여 자신감을 심어준 군 장교, 영어가 유창했던 박사 학위를 가진 남자, 지적이기는 하지만 쉽게 동요하고 불안해 보였던 철학가, 어머니와 딸, 시력을 거의 상실하고는 수업 내내 실눈을 하고 있던 나이 지긋한 아저씨, 숭산 스님의 탁월한 가르침을 강조하며 학급 지도자로 나서기를 좋아하던 아저씨, 그 아저씨의 영향력을 완화하는 데 도움을 주고 방패가 되어 준 통역가 미스터 김, 언제나 열심히 메모를 하고 지쳐서 방으로 돌아가는 내게 늘 질문을 던지던 절에서 내 통역을 맡아 준 희주. 이들은 내가 더 바랄 것이 없는 최고의 학생들이었다. 이들이 내게 교사가 되는 법을 가르쳐 주고 도와준 것에 대해 진심으로 고마워한다.

강의를 끝내고 2주 동안 나는 한국을 여행하면서 불교 사찰들을 방문했는데 그 중 특히 기억에 남는 두 군데가 있다.

어느 날 늦은 오후, 희주와 나는 270명의 비구니스님들이 경학을 공부하고 있는 비구니 사찰 운문사에 도착했다. 운문사는 학풍이 엄하기로 잘 알려져 있는데 거기 있는 분들은 흠잡을 데가 하나도 없는 스님들이었다. 운문사에서는 스님이 울력에 13초만 늦어도 다음 날 같은 일을 반복해야 한다고 했다.

희주와 나는 전통적인 건물에 딸려 있는 방으로 안내되었다. 방문은 산을 마주보고 있었다. 한밤중에도 계속되는 더위 속에 휴식을 취하고 있는데 냇물이 돌을 스치며 흐르는 소리가 들렸고 뿌연 안개 속에 빛을 발하고 있는 달이 보였다. 나는 잠도 오지 않고 많이 지쳐 있었지만 행복했다. 자연에 귀를 기울이고 산만한 세상으로부터 멀리 떨어져 깊은 산속에 스님들과 함께 있다는 것이 무척 신선하게 느껴졌다.

우리는 예불을 하기 위해 새벽 3시에 일어났는데 회색 장삼을 입고 갈색 가사를 한쪽 어깨에 걸치고는 연청색 고무신 모양의 고운 신을 신은 스님들이 불이 켜져 있는 큰 법당으로 말없이 미끄러지듯 들어갔다. 법당의 빛이 밤을 밝혀 주고 있었다. 경내 다른 한쪽에서는 스님 세 분이 사람보다 훨씬 큰 법고를 치고 커다란 당목으로 범종을 울리고 사람 크기만한 목어를 두드려서 세상을 깨우기 시작했다. 장중하고도 은은한 범종소리가 여운을 남기며 산을 울렸다. 새들도 깨어나 노래하기 시작했다.

따뜻한 법당에 일련의 스님들이 조용히 서 있었다. 예불이 천천히 시작되었다. 곧 스님들이 동시에 입을 모아 염불을 시작하는데 그 소리가 너무 아름다워서 나는 눈물을 흘릴 뻔했다. 그러고는 108배를 하기 시작했는데 나는 다리가 후들거려서 108배를 끝낼 수가 없었다. 절하는 것을 보면 누가 신참 스님이고 누가 원로 스님인지 알 수 있는데, 내 앞에 있던 신참 스님은 절할 때마다 흘러내리는 가사를 계속 어깨 위로 걷어올려야 했다. 길고 무거운 장삼을 입고 절을 하는 데는 상당한 기술이 필요한데, 자칫하면 바닥에 몸을 낮추고 절을 하는 동안 내려앉았던 장삼의 끝을 일어나면서 발꿈치로 밟게 되어 똑바로 몸을 일으키게 되면 장삼이 뒤로 획 당겨지기 때문이다. 경험이 많은 스님들은 먼저 발끝으로 일어선 다음 몸을 똑바로 하고 장삼이 제대로 펴진 후에 발꿈치를 내린다. 숨이 찬 상태에서 독경을 계속하는 것도 쉬운 일이 아니었다.

법당이 아이를 낳기라도 하듯이 스님들이 두 줄로 조용히 법당을 걸어나가는 모습도 보기 좋았다. 그때가 벌써 새벽 5시였는데 6시 아침 공양하기 전에 경전 공부를 시작할 참이었다. 공동체 생활을 하는 비구니스님들에게 있어 한 가지 재미있는 점은 모든 것을 완벽하게 해낸다는 것이다. 절 살림살이는 물론이고 조직과 배치, 아주 사소한 것에도 관심을 기울이는 세심한 주의, 까다롭기 그지없는 운영 등이 아주 놀라울 정도였다.

솔직히 말해 나는 가끔 스님들이 두렵기까지 했다. 비구스님들은, 적어도 내게는 좀 더 친절했고 편하게 대하는 편이었다. 하지만 비구니스님들은 그렇지 않았다. 내가 외국인인 데다 젊은 여자여서 내게 큰 호의를 보이지 않은 것인지 아니면 나와는 아무런 상관 없는 비구니스님들만의 독특한 스타일인지 나는 알 수가 없었다. 그런데 어떤 종교든 여성 성직자들이 남성들보다 좀 더 내성적인 성향이 있다고 누군가 내게 귀띔해 주었다.

그 전날 오후, 나는 희주와 함께 종무소에서 30여 명의 비구니스님들을 마주 대하고 있었다. 우리는 수박을 대접받았는데 나는 수박을 먹고는 늘 하던 대로 껍질을 접시 위에 올려놓았다. 그런데 갑자기 뒷줄에 있던 스님 한 분이 다른 스님들을 제치고 앞으로 걸어오더니 내 앞에 멈춰 서서는 사람들이 모두 있는 앞에서 수박 껍질을 잇자국이 보이도록 놓는 것은 실례라고 꾸중하기 시작했다. 그러고는 접시에다 내가 먹은 수박 껍질을 뒤집어 놓았다. 나는 몹시 당황했다. 이게 문화적인 차이 때문인지, 아니면 운문사 특유의 관습인지, 아니면 그 스님 특유의 문제인지 이해가 되지 않았다. 나는 내가 절에 상주하는 사람이 아니라 손님으로 가 있었는데도 불구하고 다른 스님들이 아무런 제지를 하지 않았기 때문에 그 스님의 꾸중을 말없이 받아들였다.

2001년 운문사에서 청고 스님과 희주와 나.

그리고 우리는 운문사 정원으로 산책을 나갔는데 청고 스님과 함께 자
리에 앉았다. 청고 스님은 꿰뚫어보는 듯한 빛나는 눈을 가지고 있었다.
나는 내 통역사인 희주를 통해 "스님, 나이가 어떻게 되세요?"라고 물어
보았다. 청고 스님은 알아맞혀 보라고 했는데 내가 "25살, 아니면 30살?"
이라고 말하자 스님은 "42살"이라고 말했다. 희주와 나는 깜짝 놀랐다.
나는 운문사로 돌아오는 길에 희주에게 말했다.

"거봐, 결혼과 세상이 사람들을 빨리 늙게 만든다니까!"

청고 스님은 강원을 수료하고 나서 사회참여 불교활동을 할 계획이라고 했다. 정신질환을 앓고 있는 사람들에게 절에서 살 수 있도록 공간을 마련해 주고 싶다고 했다. 운문사에는 정신질환을 앓고 있는 거주자들이 몇 명 있었다. 절에서는 이들이 하고 싶어 하는 일은 뭐든지 맘대로 할 수 있게 해 주는데 순수한 자연과 불법을 흡수함으로써 병이 낫게 될 것이라 여기기 때문이다. 청고 스님은 우리 육체는 지수화풍으로 이루어져 있으며 현대생활에서 오는 스트레스가 이 요소들의 균형을 해친다고 했다. 자연이 이들을 적절한 균형 상태로 되돌려 주어 많은 정신질환자들이 절에 살면서 병을 고친 것을 보았다고 했다.

희주와 나는 우리에게 따뜻하게 대해 준 주지스님과 차를 마시고는 운문사를 떠났다. 사찰 안에서 사찰을 직접 체험할 수 있는 이런 좋은 기회가 주어진 것에 감사했다.

서울로 돌아온 나와 희주는 며칠 후 국제연등회관에 갔다. 연등회관은 서울 주택가의 좁은 골목에 있는 정원 뒤에 숨어 있었다. 서울에 있는 대부분의 절들과 달리 연등회관은 고옥을 개조해서 만든 절이었다.

국제사찰인 연등회관은 모든 것을 영어로 진행했다. 시대에 뒤떨어진 책들이 대부분을 차지하는 서재가 인상적이었는데, 현대 학자들은 서구에 불교에 관한 오해가 그처럼 많은 이유는 바로 이런 책들 때문이라고 한다. 이 절이 마음에 들었던 것은 판자로 된 벽과 특이한 옛날 분위기와 작고 허름한 집 등이 내가 어릴 적에 살았던 선 센터와 비슷한 느낌이 들었기 때문이었다. 또한 큰절에서는 자주 볼 수 없는 따뜻함과 정이 넘치고 있었다. 스리랑카 출신으로 한때 테라바다 스님이었지만 지금은 한국 스님이 된 일보 스님이 우리를 맞이했다. 스님은 자신을 낮추었지만 신뢰할 수 있는 분이라는 걸 알 수 있었다.

차를 마시고 나서 나는 반야 스님을 만나고 싶다고 했다. 반야 스님은 미국인인데 한국 스님이면서도 어찌된 영문인지 테라바다 이름을 가지고 있었다. 반야 스님은 방으로 들어와 미소를 지으며 큰 소리로 "누구냐?"라고 물었다. "몰라요. 당신은 누굽니까?" 하고 내가 물었는데 스님이 "몰라요"라고 했다. 나도 "오직 모를 뿐"(숭산 스님의 책 "오직 모를 뿐"을 가리킨다)이라고 했다.

우리는 인사도 주고받지 않고 웃음을 터뜨렸다. 그러고는 일주일 전에 내게 전화를 해서 반야 스님이 나를 만나고 싶다고 한 것은 사실은 반야 스님의 '비서'가 나를 만나고 싶다고 한 사실을 숨기려고 그랬다는 것이었다. 영^{Young}이라고 하는 이 학생은 조금 후에 방으로 들어왔는데 그는 아주 독특한 사람이어서, 완충 역할을 해 줄 수 있는 사람들이 방에 함께 있어 다행스러웠다. 그리고 두 명의 공군 법사가 들어왔다. 작은 방은 사람들로 차 활기가 넘쳤다. 이 두 법사도 일미 스님을 알고 있었다. 나중에 알게 된 사실이지만 한국 스님들은 대가족처럼 서로 모르는 스님들이 없다. 그래서 "누구누구를 아느냐?"고 묻는 것은 무의미한 질문이다.

아주 유명한 분으로, 암으로 투병생활을 하고 있던 주지 원영 스님이 마침 그날 절에 계셨다. 스님은 희주와 나를 위층으로 오라고 했는데 이는 흔치 않은 일이었다. 그때는 스님을 만나게 된 것이 얼마나 큰 영광인지, 그리고 우리를 만나기 위해 무거운 병을 앓고 있던 스님이 각별히 애를 쓰셨다는 것을 인식하지 못했다. 우리는 스님 방으로 올라가서 삼배를 하고 스님과 함께 다과를 들었다. 스님은 러시아를 포함해 세계 곳곳에 센터를 세운 대단한 분이었다. 스님과의 친견을 끝내고 일어서려는데 스님은 나를 쳐다보면서 "공부하는 것도 좋지만 이제는 네가 수행할 때다"라고 하셨다. (수행이라고 한 것은 명상을 뜻하는 말이었다.) 절을 하고 나는 "스님 말씀을 새겨듣겠습니다"라고 했다. 몇 주 동안 학생들을 가르치고 난 후에 받은 스님의 말씀은 내가 아직도 학생임을 상기시켜 주었다.

이야기, 열일곱

희망은 언제나 우리 곁에

2001년 여름, 한국을 방문하던 중에 나는 대행 스님을 만날 기회가 있었다. 이 만남을 준비하기 위해 나는 스님의 자서전을 읽었다. [1]

스님의 삶도 나와 비슷하게 시작됐다. 혹독하고 엄한 아버지, 순종적이고 스님을 보호해 주지 못한 어머니, 가난하고 열악한 생활환경. 스님은 아버지의 혹독함을 피해 밤이면 숲에 가서 잠을 잤다. 스님은 성인이 되자 집을 완전히 떠나 스님이 되었고 깊은 산속에 들어가 10년 동안 수행했다. 나뭇잎과 풀을 먹고 겨울에 얇은 솜옷만을 걸치고 만행하면서 소나무 아래서 잠을 자고 강가 모래에 구멍을 파고 명상을 했다. 스님은 피부는 갈라져 피가 흐르고 뼈가 불거져 나왔으며 길어진 머리를 나무 막대기로 찔러 틀어 올렸다. 스님의 공안은 '아빠'였다. 쉬지 않고 '아빠는 누구인가?' '아빠는 어디에 있나?'를 탐구했다. 그에 대한 응답은 '네가 죽어야 나를 보리라'는 것이었다.

---

1) 이 이야기는 1999년 한마음선원에서 출간한 『자유로 가는 마음의 길: 대행 큰스님의 법문 모음집』에서 발췌, 의역한 것이다.

몇 번의 자살 시도에 실패한 스님은 마침내 중대한 결심을 했다. 아무도 스님의 육신을 찾아내지 못하는 곳을 찾던 스님은 한강변 어느 절벽 끝에 이르게 되었다. 그러나 절벽 끝에 도착한 순간 발걸음이 멈췄고 죽어야겠다는 생각을 잊어버렸다. 스님은 반나절을 서서 물을 바라보다가 다시 걷기 시작했다. 얼마 후 스님은 강물을 마시려고 엎드렸다. 그러다 물에 비친 스님의 지친 모습을 보고는 마음은 괜찮은데 내 모습은 왜 이렇게 험한가 하는 의구심이 들었다. 내면 깊은 곳에서 응답이 들려왔다. "모두가 부처다." 스님은 처음으로 자신의 내면적인 '아빠'의 참모습을 보게 되었다. 이런 깨달음을 얻은 후 스님은 큰스님들로부터 시험을 받았다. 그 후 40여 년에 걸쳐 스님은 수많은 신도들을 거느리고 자리를 잡는 데 성공했다.

이 자서전을 읽으면서, 만약 스님이 미국에 있었더라면 강제로 정신병원에 수용되지 않았을까 생각해 보았다. 미국에서는 더럽고 굶주리고 옷도 제대로 걸치지 않은 채(자서전에서 묘사하고 있듯이) 아빠를 외치며 강물에 몸을 던지려는 사람들을 그냥 돌아다니게 두지 않는다. 스님이 내 동생처럼 사실은 정신에 좀 이상이 있었을 수도 있고, 또는 이 자서전이 일종의 선을 통해 정신병을 미화했는지도 모른다는 생각을 했다. 어떻게 이를 받아들여야 할지 고심하면서 서울 외곽에 있는 스님의 절로 향했다.

통역사 두 명과 나는 스님의 처소에서 열릴 만남을 기대하고 있었다. 우리는 비단과 크리스털과 분수 정원으로 장식된 방으로 들어섰다. 모든 것이 먼지 하나 없이 깨끗했고 품위가 있었다. 선사들에 대한 나의 선입견 때문에 나는 은근히 걱정이 되기 시작했다. 마침내 키가 작고 나이가 지긋한 스님이 방으로 들어왔고 방안에 대기하고 있던 스님들은 일제히 정중하게 예를 표했다. 커다란 장미색 잠자리테 안경을 쓴 대행 스님이 소파에 자리를 잡고 앉았다. 모두들 긴장한 듯했고 정중한 태도를 취했다. 스님은 나를 똑바로 쳐다보았는데 순간 내가 보잘것없는 존재처럼 느껴졌다.

스님은 내 마음을 완전히 사로잡았는데 나는 이를 전혀 제어할 수 없었다. 내가 몇 가지 정중한 질문을 했는데 스님은 내 질문을 지나치게 지적이고 별 의미 없는 것으로 생각하는 것 같았다. 나는 다른 방법을 시도하기로 하고 "사적인 질문을 해도 될까요?" 하고 스님께 물었다. 스님은 고개를 끄덕였다.

"스님의 행장에 관해 읽었습니다. 스님처럼 제 동생과 저도 어렸을 적에 아버지와 많은 어려움이 있었습니다. 불자로서 어떻게 이 상처를 치유할 수 있습니까?"

이 질문은 스님의 마음에 들었다. 스님은 우리 마음과 아버지의 마음은 하나라고 했다. 내가 가능한 한 멀리 피하려고 했던 아버지가 나의 일부라는 생각에 속이 울렁거렸다. 그러고 나서 용서와 자비와 청정함으로 내 마음을 바꾸면 아버지의 마음도 바뀌기 시작할 것이라고 했다. 하지만 서구 심리학의 두 가지 개념인 덫enmeshment과 공동의존codependency을 두고 오랫동안 씨름해 온 내게는 이 말이 크게 와 닿지 않았다.

나의 이런 부정적인 반응에도 불구하고 나는 스님의 말씀으로부터 배울 것이 있다고 느꼈다. 친견이 끝날 즈음 나는 고통에 직면해서도 이 고통을 기회로 삼아 깨침을 얻을 수 있다는 희망을 가질 수 있었다. 스님이 내 동생처럼 정신이상을 앓고 있었다기보다는 내 동생이 스님처럼 깨달음의 길을 가고 있었는지도 모른다는 생각이 문득 들었다. 나는 동생의 정신이상이 악화되어 가는 과정을 고통과 자유를 대상으로 한 뜻있는 정신적인 투쟁으로 재평가하게 되었다.

5년에 걸친 큰 어려움을 겪고 난 카이는 안정을 찾기 시작했다. 병원에서 퇴원한 카이는 고양이 두 마리를 데리고 생활보조아파트로 이사를 했고, 공립도서관에 나가고, 컴퓨터 체스 게임과 픽업 농구를 하면서 제 나름의 삶을 살아가기 시작했다. 생전 처음으로 카이는 자신의 치료 문제와 약 복용 문제, 교통 및 재정 문제, 그리고 체중 조절을 직접 관리했다. 그 무럽 일미의 가장 친한 대학친구로 뉴욕 불광선원에 기거하고 있던 하림 스님이 미국 문화와 영어를 좀 더 알기 위해 불광선원을 떠나 살 곳을 찾고 있었다. 그리고 마침 카이의 아파트에 여분의 방이 있어 카이는 하림 스님과 함께 살게 되었다.

이때 하림 스님은 카이를 운동을 하고 당구를 치고 볼링을 치는 곳 등으로 데리고 다니면서 카이가 정상적인 생활로 돌아갈 수 있도록 도움을 주었다. 카이는 삶의 재미를 알게 되었고 하림 스님이 영어를 배우는 데도 도움을 주었다. 카이는 조금씩 회복되어 갔다. 카이가 회복되어 간 데에는 하림 스님의 도움이 컸는데, 하림 스님이 심리학을 전공했다거나 특별한 무엇을 해서가 아니라 스님의 착한 마음씨와 스님이 카이 곁에 있어준 것이 카이에게 큰 변화를 가져다주었던 것이다. 이를 지켜보면서 내가 배운 것은, 무엇보다, 아무리 사랑하는 사람이라도 가족들이 해 줄 수 없는 일들이 있다는 것이었다. 둘째로는, 주의를 기울여 주는 것만으로도 한 사람에게 큰 변화를 가져다줄 수 있다는 것이었다.

몇 년 전 카이는 하림 스님을 따라 지리산 근처에 있는 실상사에 갔다. 거기서 카이는 밭일 등 많은 노동을 하였는데 그 덕분에 몸무게가 줄었다. 카이가 돌아왔을 때 대학에서 알고 있던 한 중국인 여성이 카이에게 관심을 가지게 되었다. 이들은 몇 년 전에 결혼해서 집을 샀다. 지금 카이

2010년. 코네티컷의 집에서 함께한 카이와 그의 아내 린.

는 가난한 이들에게 먹을 것을 제공하는 비영리 단체에서 직원으로 일하고 있다. 나는 많은 어려움을 겪었음에도 불구하고 지금에 이른 카이가 무척 자랑스럽다.

part

3

내 생애
가장 찬란한 봄

명상을 하고 있는 어린이들.

제주에서 만난 은사스님

일미 은사스님을 방문하다, 2005.

일미와 나는 몇 년 동안 사귀고 난 후 마침내 결혼하기로 결정했다. 그런데 우리는 둘 다 일미가 환속하는 것을 원치 않았다. 일미는 절에서 태어났고, 거의 평생을 절에서 살았다. 그는 스님으로 사찰의 신도들과 일하는 것을 좋아했다. 일미는 결혼을 금하는 종단에서 가족생활을 허용하는 종단으로 종적을 옮기는 것이 가능한지를 알아보기로 했다.

순진하게도 나는 금욕생활에서 결혼생활로 옮겨 가는 것을 두고 채식주의자가 되는 것처럼 개인적인 선택 문제라고 생각했다. 나는 일미를 학생이자 이민 온 한국인들과 관계하는 스님으로만 보아 왔다. 내가 이해하지 못했던 것은 더 큰 맥락에서 본 그의 삶, 가족과 법우들, 재가신도 사이에서의 그의 역할 그리고 더 나아가 한국 불교계에서의 그의 역할이었다. 나는 우리 결혼에 대한 포괄적인 승낙을 받기 위해 일미가 복잡하게 거미줄처럼 얽혀 있는 광범위한 인간관계를 헤쳐 나가는 것을 지켜보았다. 그 중 가장 중요한 것은 일미의 은사스님과의 관계였다.

우리가 만난 지 3년이 지난 후, 우리는 제주도의 귤 농장들 사이에 자리한 은사스님의 절을 방문했다. 그 몇 달 전에 일미는 은사스님께 결혼 승낙을 요청하는 장문의 편지를 손수 써서 보냈는데 몇 주가 지나도록 답이 없어서 걱정을 하고 있었다. 그러던 어느 날 일미와 나는 절을 방문하라는 사찰 총무보살님의 전화를 받았다.

우리는 크리스마스에 제주도에 도착했는데 야자수와 진달래 덤불 사이에 눈이 내리는 이상한 날이었다. 제주도 한가운데 있는 화산을 돌아 제주도 남단에 자리하고 있는 절을 향해 가는 동안 일미는 감상에 젖어 있었다. 일미는 오랫동안 은사스님의 절을 방문하지 못했다. 넓은 도로를 벗어나 작은 동네를 지나갔다. 제주도가 한국의 어느 곳보다 불교가 우세한 곳인데도, 크리스마스 휴일이어서 거리는 한산했다. 절에 가까워지자 일미는 걱정을 하기 시작했다.

　"수미, 은사스님이 허락을 안 하실지도 모릅니다."

　일미가 말했다.

　"은사스님이 우리를 오라고 하시고서 왜 승낙을 안 하겠어요? 그건 말이 안 돼요."

　"그렇게 간단한 게 아니에요. 내가 결혼을 하면 은사스님의 명망을 해칠 수가 있어요."

　"그래도 은사스님이 당신이 말하는 것처럼 존경할 만한 분이라면, 우리를 같이 오라고 하고서 나더러 결혼을 포기하라고 하지는 않을 거예요. 그럴 것이었으면 당신한테만 얘기했을 겁니다. 어린 시절과 아버지의 알코올 중독 때문에 비롯된 불안한 심경이 되살아나는 것같이 들리네요."

일미는 차가 자갈이 깔린 주차장으로 들어서자 "당신 말이 맞는지도 몰라요"라고 중얼거렸다.

방에서 휴식을 취하고 있던 스님 몇 명을 제외하고 절은 텅 비어 있었다. 은사스님의 처소 앞에서 우리는 신발을 벗고 교수의 연구실 같아 보이는 방으로 들어섰다. 은사스님은 방에 계시지 않았다. 우리는 앉아서 방을 둘러보았다. 전통적인 한국 가옥이 그렇듯이 온돌마루였고 벽과 창호지를 바른 문은 단열처리가 되어 있지 않았다. 창호지가 바람에 흔들렸다. 커다란 나무탁자 위에는 벼루와 붓, 그리고 화선지가 놓여 있었고 옆 탁자에는 다기 세트가 놓여 있었다. 닳아서 해진 커다란 서구식 가죽의자는 방의 분위기에 어울리지 않았다.

삭발을 하고 회색 장삼을 입은 일미는 하버드대학의 강의실보다 이곳에 더 자연스럽게 어울렸다. 그는 책이 가지런히 놓여 있는 벽을 둘러보았다.

"이 한문 경전들을 오랫동안 공부했답니다."

일미는 그리운 듯이 말했다.

그때 갑자기 은사스님이 사찰 총무보살님과 함께 들어오셨는데 총무보살님은 중년 여성으로 검은색에 약간 자줏빛이 도는 하이라이트가 있는 짧은 머리를 하고 있었다. 우리는 바로 일어서서 은사스님이 탁자 뒤로 가서 자리를 잡고 앉으실 때까지 기다렸다가 삼배를 올렸다. 일미는 은사스님 앞에 앉아 옷매무새를 고쳤다. 나는 가능한 한 눈에 띄지 않는 곳으로 가서 앉았고 총무보살님은 은사스님 옆에 무릎을 꿇고 앉았다.

아무 말 없이 한동안 침묵만이 흘렀다. "공부는 잘 돼 가느냐?"는 질문도 없었다. 일미는 방바닥을 응시하고 있었다. 나는 스승과 아끼는 제자 간의 강한 유대감을 느낄 수 있었다. 마침내 은사스님이 설법을 하는 듯한 어투로 먼 곳을 바라보면서 말문을 열었다.

"만해 스님은 사랑을 노래하는 시로 유명한 분인데, 사람들은 스님이 여성을 깊이 사랑해 보지 않고는 그런 시를 쓸 수가 없다고들 한다. 그리고 한국 불교에서 가장 유명한 원효 스님이 있다. 국왕이 딸 요석 공주의 슬픔을 달래기 위해 스님에게 공주와 동침할 것을 요청했다고 한다. 원효는 이를 방편으로 보았다. 『삼장』에는 부처님이 가정생활을 하는 사람들과 대화를 나누는 사례가 있는데 이들이 어떻게 가정을 이끌면서 종교생활을 할 수 있는지를 가르치고 있다."

또 긴 침묵이 흘렀고 은사스님은 여전히 먼 곳을 응시하고 있었다. 마침내 스님은 우리를 번갈아 바라보시더니 일미를 향해 말을 꺼냈다.

"오랫동안 수행해 온 신심 있는 불자와 결혼한다니 좋구나. 네 결혼이 한국과 서구 불교를 잇는 다리가 될 것이다. 너희는 불교를 세상과 신세

대들에게 널리 알리는 데 좋은 팀이 될 게다."

일미와 나는 서로를 쳐다보고는 안도의 미소를 지었다. 총무보살님은 감을 깎고 차를 준비하기 시작했다. 대화는 좀 더 자연스러워졌다. 일미는 주로 한국말을 했다. 차를 몇 잔 마신 후 다리가 뻣뻣해질 즈음 은사 스님은 총무보살님더러 우리에게 제주도를 구경시켜 주라고 했다. 우리는 스님께 삼배를 올리고 물러나왔다. 우리가 차에 오르자마자 총무보살님은 속사포처럼 한국말을 쏟아내기 시작했다.

"아이고, 일미 스님, 그간에 무슨 일이 있었는지 알기나 하세요? 몇 달 전에 스님이 갑자기 말씀도 없으시고 아주 걱정하는 모습이더라고요. 무슨 일인지 알 수가 있어야지요. 하루는 스님의 서류들을 정리하다가 탁자에 놓여 있는 일미 스님 편지를 발견했어요."

일미는 침착하게 이야기에 귀를 기울였다. 총무보살님은 해안 절벽 길을 타고 가는 동안 계속 말했다.

"일미 스님 편지를 읽고 나서 저는 개인적으로 스님이 결혼한다는 게 좋은 일이라고 생각했어요. 저와 같은 재가자들에게 결혼 문제 같은 것을 상담해 줄 수 있는 스님들이 별로 없거든요. 기독교 선교사들이 선교활동을 잘하는 이유가 바로 이것이에요. 목사님들은 결혼을 하고 가정을 꾸리기 때문에 우리가 겪는 어려움을 잘 알거든요. 이런 식으로 계속 나가면 불교가 기독교에게 밀리고 말 거예요. 제가 은사스님께 가서 제 생각을 말씀드렸어요. 처음에는 제 얘기를 듣지 않으시더라고요. 그렇지만 저는 이 문제에 대해서는 물러서지 않아야겠다고 생각했답니다. 그래서 계속 스님께 가서 제 생각을 말씀드렸지요. '일미 스님의 결혼을 승낙하셔야 해요. 일미 스님 같은 스승들이 더 많이 필요하거든요. 일미 스님을 제자로 둔 건 큰 행운이에요. 불교를 홍포하는 데 도움을 줄 거예요.' 마침내 은사스님께서 제 이야기에 귀를 기울이시더군요."

일미는 뒷좌석에 앉아 있는 나를 보고는 총무보살님이 한 말을 간략하게 통역해 주었다. 이 보살님의 도움이 없었더라면 은사스님의 승낙을 받지 못할 뻔했다는 것을 알게 되었다. 총무보살님은 차를 절벽 옆에 세웠고 우리 셋은 차에서 나와 바위에 부딪치는 바다를 내려다보았다.

일미와 나는 미국으로 돌아와서 친구들에게 우리가 결혼하기로 한 것을 알렸다. 이 소식을 들은 미국인 친구들은 매우 기뻐하며 행복을 빌어 주었다. 이들은 "네가 그처럼 행복하다면 당연히 결혼해야지"라고 했는데 이 말은 주로 일미를 가리키면서 하는 말이었다.

다른 동양 사람들은 물론 한국 사람들은 이 소식을 듣고 조금 조심스러워했다. 승려로 남아 있는 것이 일미의 도리이기 때문에 결혼해서는 안 된다는 사람도 있었다. 승가와 재가 신도들이 오랫동안 일미의 교육을 뒷받침해 주었는데 이들은 일미가 교육을 통해 배운 것을 승려로서 한국 불교에 전해주기를 바랐다. 개인적으로는 이들의 뜻을 이해할 수 있었다. 나는 여러 차례 결혼하기로 한 것이 좋은 결정인지 아닌지를 두고 고심을 했다. 그러나 결국에는 일미가 스님이든 교수든 성직자든 상관없이 한국 불교를 위해 여전히 좋은 일을 할 수 있다는 결론을 내리게 되었다. 그런 면에서 보면 내가 일미를 한국 불교로부터 '훔쳐 가는' 것은 아니라고 생 각했다. 나도 불교계에서 전문적인 일을 할 수 있고, 그렇게 해서 우리는 함께 일할 수 있게 되리라 믿었다.

그와는 다르게 한 한국인 불자 친구가 내게 편지로 보내온 것과 같은 의견을 보인 사람들도 꽤 있었다. '사랑하는 두 사람의 지위나 직업이 어 떤 것이든, 남들이 뭐라고 하든, 두 사람 간의 사랑은 그대로가 아름다 운 것이다. 사랑은, 더 큰 목적을 위한 사랑, 서구와 동양 간의 결합을 위 한 사랑 등을 통해 정당화해야 할 필요도 없고 정당화해서도 안 되는 것 이다. 그러므로 너와 일미 스님의 사랑은 아름답고도 멋진 것이다. 남들 이 뭐라고 하든, 남들이 이 결혼을 불쾌하게 생각하든 말든, 두 사람 간 의 사랑을 정당화해야 할 필요가 없다!'

나는 이 모든 것들을 고려했다. 나는 불교계의 지도자나 법사가 아닌 사람에게는 관심을 가지지도 않았을 것이다. 그만큼 일미가 지금까지 해오던 일을 계속한다는 것이 내게는 중요했다. 동시에 나는 일미를 한 인간으로 사랑했고, 결혼하는 데는 그 이상의 다른 이유가 필요하지 않다고 생각했다.

이야기, 열아홉
제사 풍경

다음 해 여름, 우리는 한국에 갔다. 일미의 가족들이 고향 장성에 있는 삼촌의 작은 아파트에 모였는데 삼촌도 스님이었다. 그날 밤, 우리는 조상들을 기리고 음식을 올리는 제사를 지내게 되었다. 제사는 밤 9시에 지냈는데 영혼은 밤에만 나와 돌아다닌다고 믿기 때문이었다. 89세 된 일미의 할머니는 건강하기 그지없는 집안 어른으로, 자신이 8월에 죽을 거라고 단언했다. 그 말을 들은 사람들은 모두 웃어 넘겼는데 그 이유는 할머니가 10대들보다 더 에너지가 많았기 때문이었다. 할머니는 또 30년 전에 작고한 남편과 같이 묻히고 싶지 않다고 불평했는데 그 이유는 할아버지가 본인 말고 다른 여성들과도 가정을 이루었기 때문이었다. 제사에 온 사람들 중에는 그분들의 자식들도 있었다. 그렇지만 그날 제사는 할아버지뿐만 아니라 모든 조상을 위한 제사였다. 조상을 위해 우리는 향을 피우고 촛불을 켰다. 일미는 자기 가족이 오래전 조선시대의 한 국왕을 지도한 적 있는 울산 김 씨인 하서 김인후(1510~1560) 선생의 후손이라고 했다.

여자들은 음식을 장만하고, 입이 딱 벌어진 생선과 닭고기, 수박, 술을 상에 올리고 조상님들이 먹을 수 있도록 젓가락과 숟가락을 준비하고, 그리고 양쪽에 두 개의 작은 문이 달려 있는 위패를 놓는 등 제사상을 차리느라고 분주하게 오갔다. 위패 안에는 돌아가신 조상님의 이름이 적혀 있었다.

그 옆에는 조상님의 하인들을 위한 음식상이 따로 차려졌다. 수차례 절을 하고, 술을 올리고, 숟가락을 밥에 꽂은 다음 모두들 잠시 방을 비웠다. 조상들의 영혼이 '식사'하는 시간을 가지게끔 말이다. 몇 분 후에 우리가 방으로 돌아가 차려진 음식들을 먹기 시작한 것을 보면, 영혼은 식사를 빨리 하는가 보다. 일미는 조상님들이 식사를 빨리 할 수 있는 것은 음식의 기를 드시기 때문이라고 했다.

유교와 불교가 섞인 제사는 이제 한국에서 사라져 가고 있다고 들었다. 그렇지만 나는 가족의 혈통을 추모한다는 것이 마음에 들었다. 미국에서도, 돌아가신 분이 두고 떠나야 했던 사랑하는 이들의 방문을 즐길 수 있도록 가족들이 돌아가신 친지의 묘소로 소풍을 가곤 한다.

그날 저녁, 일미의 통역으로, 가족들은 내가 김 씨 가문으로 시집 오는 최초의 외국여성이 될 거라는 생각에 모두들 큰 관심을 보였다. 이들은 내 이름을 어떻게 한자로 쓸 것이며 그래서 그 이름을 김 씨 가문에 올릴 것인지를 의논했다. 내 성인 '런던'은 한자로 옮기기가 좀 까다롭지만 '수미'는 불교의 우주철학에서 가장 중요한 산인 '수미산'(그래서 산스크리트어에서 한자로 이미 옮겨져 있는)의 '수미'로 쉽게 옮길 수 있었다.

나랑 결혼해 주겠어요?

일미의 가족을 방문한 직후 우리는 열차를 타고 서울로 돌아가기로 했다. 우리는 둘 다 무척 피곤했다. 늦은 오후였는데 마침내 내리던 비가 그쳤다. 넓은 대합실에는 우리 둘뿐이었다. 일미가 나를 팔로 껴안고는 짧게 입맞춤을 했다. 그러고는 여전히 나를 안은 채로 말했다.

"나랑 결혼해 주겠어요?"

나는 이 말을 이전에 그가 했던 "결혼하고 싶어요?"라는 뉘앙스의 물음을 바꿔서 하는 걸로 생각했다. 일미가 아주 조용하게 물었기 때문에 무심결에 나는 곧장 "그럼요"라고 대답했다. 그러고 나서 이게 바로 일미의 청혼임을 깨닫게 되었다. 청혼이라는 걸 알고 난 나는 웃으면서 좀 더 열정적으로 "예스 예스 예스!"라고 했다. 그러자 일미는 주머니에서 예쁜 종이로 싼 작은 상자를 꺼냈다.

"나비 리본이 있었는데 여행하는 중에 떨어져 버렸네."

일미가 설명했다.

나는 일미를 애태우려고 상자를 천천히 열었는데 상자 뚜껑을 열기 직전에 일미에게 "무릎을 꿇고 앉아서 반지를 내게 주지 않겠어요?"라고 말했다.

"어, 그건 무슨 뜻이에요?"

일미가 물었다.

나는 무릎을 꿇고 앉아 어떻게 하는지 일미에게 보여주었다.

"아, 오케이!"

일미는 무릎을 꿇고 반지가 든 상자를 내게 주었다. 뚜껑을 열자 상자 안에는 자그마한 반지가 들어 있었다.

"보석 세공사인 사촌 남편에게 만들어 달라고 했답니다. 소박한 것이라야 한다고 했지요."

일미가 설명했다.

놀랍게도 반지는 내 손가락에 맞았다. 그러고 나서 일미와 나는 별일 없었다는 듯이 자리에 앉아 신문을 읽기 시작했다. 열차가 도착했다. 열차가 안개구름이 걸쳐 있는 산들을 지나 서울을 향해 가는 동안 해가 저물었다. 몇 분 후에 우리는 깊은 잠에 빠져들었다.

내가 가진 모든 것을 당신에게

일미와 나는 배리불교학연구센터의 햇살로 가득 찬 법당에서 결혼식을 올렸다. 단풍 든 나뭇잎들이 햇살에 빛나고 있었다. 결혼식 전날 제단을 정돈하고 한국식을 존중하는 의미에서 과일 공양을 올렸다. 미국 사람들은 불상 앞에 놓인 줄무늬 수박을 보고 웃음을 금치 못했다.

80여 명에 이르는 가까운 친구들이 결혼식에 참가해 우리를 축복해 주었다. 무엇보다도 일미의 은사스님인 시몽 스님이 처음으로 미국에 오시게 된 것이 가장 큰 영광이었다. 일미의 절친한 친구인 하림 스님도 불광선원 신도 몇 명과 함께 참석했다. 일미의 아버지가 여자친구와 함께 한국에서 왔고 내 친척들이 캘리포니아와 프랑스 파리에서 왔다. 우리를 가르쳤던 불교학 교수님들도 하버드대학 신학대학원과 윌리엄스대학에서 오셨고 센터 부근에 살고 있던 잘 알려진 서구의 명상 지도자들도 참석했다. 일본 불교 최대 종단인 진종Shinshu으로 출가해 스님이 된 일미의 옛 친구 카린 비구니스님이 일본에서 비행기로 도착했다. 산스크리트어를 함께 공부했던 친구는 힌두교의 스승으로 정복을 입고 참석했고, 전에 내가 태권

도를 하던 시절에 알고 지냈던 친구들도 보스턴에서 왔다. 옛날 애인이었던 매튜는 우리를 위해 사진을 찍어 주었는데 그는 일미를 무척 좋아했다. 나는 동생 카이의 안내를 받고 입장했다. 주례 법사는 인사이트 명상회의 법사인 묘신이었다.

일미와 나는 우리 결혼식이 어떻게 하면 테라바다와 선이라는 서로 다른 불교전통을 존중하면서도 동서양의 결혼방식을 아우를 수 있을까에 대해 많이 고심했다. 우리는 양측 가족들에게 절하는 것(동양)과 "신랑이 신부에게 키스하겠습니다"라고 하는 것(서양), 그리고 반야심경(선)을 읽고 자비경(테라바다) 읽는 것을 결혼예식에 포함시켰다. 사진을 보면 불단에 다섯 개의 촛불이 놓여 있는 것을 볼 수 있는데, 먼저 일미의 아버지와 내 어머니가 각각 하나씩 촛불을 밝혔고, 뒤이어 일미의 은사스님이, 그리고 비파사나를 가르치는 가까운 친구가 또 각각 촛불을 밝혔다. 마지막으로 일미와 내가 다른 촛불로부터 불을 받아 중앙에 있는 긴 초에 점화했는데, 이는 우리 결혼이 다른 사람들의 빛으로부터 밝혀졌음을 뜻하는 것이었다.

결혼식을 치르는 중에 우리가 묘신 법사 앞에 있을 때 긴 침을 지닌 커다란 말벌이 내 한복 소맷자락에 앉았다. 내가 '헉' 하는 작은 소리를 낸 모양이다. 일미가 순간 처다보고 벌을 발견하고는 벌침에 찔릴지도 모르는데 벌을 살짝 밀어 자기 옷 소맷자락에 앉게 했다. 벌은 한동안 그렇게

앉아 있도록 가만히 두었더니 별 탈 없이 날아가 버렸다. 우리는 결혼서
약을 했다.

to. 수미, 우리가 어려운 상황이나 도전에 직면했을 때 당신이 보여준 헌신과
자비와 지혜에 감사합니다. 내가 우울하거나 자신감이 없을 때 당신은 한결같
이 나를 뒷받침해 주고 위로해 주었습니다.
당신의 좋은 점을 전에도 배웠고, 지금도 배우고 있고, 앞으로도 계속 배울 것입
니다. 내게도 좋은 점이 있다면, 그것이 당신의 좋은 점을 보완할 수 있는 것이기
를 바랍니다. 우리 둘의 에너지가 불법의 가르침에 기여하는 가족을 이룰 수 있
을 것입니다. 불법 공동체에서 함께 수행하고, 우리가 아끼는 사람들과 고통과
행복을 나눌 수 있을 것입니다. 당신과 나는 이 꿈을 성취하는 데 멋진 팀이 될
것입니다.

to. 일미, 4년 전 당신을 처음 보는 순간 나는 사랑에 빠졌습니다. 그 순진했
던 매혹은 친구, 애인 그리고 정신적인 동반자 의식으로 깊어졌습니다. 당신의
애정과 진지함, 당신의 겸손과 선함, 당신의 관대한 정신과 지적인 마음을 소중
하게 여깁니다. 당신을 깊이 존경합니다.
어려웠던 당신의 과거 이야기를 들을 때마다, 그 과거로 인해 지금 내가 알고 있
는 특별하고도 아름다운 당신이 될 수 있었음을 알고 있으면서도, 그 자리에 함
께 있어 당신이 고통 받지 않도록 보호해 주지 못한 것을 후회합니다. 이제 나는
당신을 어디서든 지켜 줄 준비가 되어 있습니다. 우리가 함께 만들어 가는 안전
한 곳에서 당신의 상처를 낫게 해 주고, 당신의 행복을 위해 배려하고, 당신이 하
고자 하는 모든 것들을 이룰 수 있도록 도울 것입니다.
나와 내가 가진 모든 것을 당신에게 드립니다. 이 생에서 당신의 동반자가 된 것
을 감사드립니다.

결혼식 때 불단. 서양 사람들은 불단에 수박이 놓여 있는 것을 매우 흥미롭게 생각한다.

식을 끝내고 사진을 찍은 다음 우리는 인도음식으로 큰 잔치를 베풀었다. 케이크를 자를 때가 되자 우리가 만나게 된 강좌를 맡았던 크리스 퀸 Chris Queen 교수가 우리를 위해 건배를 제안했다. 지금 생각해 보면 부끄럽기는 하지만, 교수님은 우리 결혼이 1800년대 마담 블라바츠키와 올콧 대령의 만남 못지않은 역사적인 영향을 미칠 것이라고 했다. 블라바츠키를 통해 올콧은 불교에 관심을 가지게 되었고 나중에 스리랑카로 가서 다른 개혁주의자들과 함께 스리랑카 불교를 부활시키는 데 큰 역할을 했으며, 이로 인해 현대 불교에 장기적인 영향을 끼쳤다.

그날 밤 우리는 늦게까지 아끼는 친구들과 즐거운 시간을 보냈는데 친

결혼식 모습.

한국에서 오신 스님들과 법사님들과 우리의 결혼을 축하해 주신 하객들.

윌리엄스대학과 하버드대학 신학대학원 교수님들.

구들 중에는 서로 처음 만난 이들도 있었다. 다음 날 아침 한 친구가 자신의 집에서 근사한 아침을 대접했는데, 커피를 마시면서 일미의 은사스님은 깨달음의 본질에 관해 여러 불자들과 진지한 대화를 나누게 되었다. 일미가 통역을 했다. 두 명은 이전에 중국계 스님이었고, 한 명은 내가 어렸을 때 선원에서 살았던 내 아버지의 사촌, 그리고 나머지는 하버드대학원생들이었다. 시몽 스님이 서구 불자들의 진지함과 열띤 토론에 웃으면서 즐거워하던 것을 기억한다. 스님은 제국주의적인 나라라는 생각을 하고 미국에 왔는데 서구인들과 아시아 불자들 간에 불교가 살아 있다는 긍정적인 인상을 받고 떠나셨다.

싱가포르에서 만난 천진불

『청바지를 입은 부처』가 출간되고 몇 년 후에 싱가포르의 정년퇴직한 엔지니어로 신심이 아주 돈독한 재가불자로부터 이메일을 받았다. 그는 내게 3일 동안의 캠프에서 어린이들에게 불교를 가르치는 데 관심이 있는지를 물어왔다. 나는 자격이 있다고 생각하지 않았지만 그가 가르칠 의향이 있는 사람을 찾을 수 없다고 하는 바람에 "좋다"고 했다. 나는 오랜 친구로 인사이트 명상회에서 법사가 되기 위해 수련을 받고 있던 채즈Chas를 설득해서 싱가포르로 가서 캠프를 함께 지도하기로 했다.

호스트의 차를 타고 캠프가 열릴 중국 절의 주차장으로 들어서자 커다란 법당이 눈에 들어왔다. 법당 안에는 수백 명의 나이 든 보살님들이 중국말로 염불을 하면서 불상 주위를 돌고 있었다. 우리 호스트는 바로 이런 모습을 바꾸기 위해 우리를 싱가포르로 초대했다고 했다. 대부분 절을 찾는 사람들은 전통적인 중국 불교를 신봉하는 나이 든 사람들이다. 젊은이들은 어디에 있는 걸까? 우리의 호스트와 몇 명의 불교계 지도자들은 미국 불자를 데리고 와 그들로 하여금 지도하게 해서 자신들의 문화에는 관심을 기울이지 않고 서구 문화에 빠져 있는 어린이들을 고무시킬 수 있을 것이라 생각했다.

3일간에 걸친 어린이 캠프는 아이들이 절에서 두 밤을 보내는 캠프로는 처음 열리는 것이었다. 대부분의 아이들은 지금까지 한 번도 집을 떠나 본 적이 없었다. 콩멩산포칵시Kong Meng San Phor Kark See는 캠프에 참가할 70명이나 되는 아이들을 수용할 수 있는 충분한 공간을 확보하고 있는 몇 안 되는 절로, 기꺼이 절을 캠프 장소로 제공했다. 채즈와 나는 이틀을 소그룹의 어린이들을 맡게 될 9명의 청소년지도자들을 훈련하고 이들과 프로그램을 짜는 데 보냈다. 학교에 잘 적응하지 못해 아버지가 지도력을 기르고 철도 좀 들라고 보낸 열여섯 살짜리 학생을 제외하고는 모두 대학생이었다.

세대 차이가 있는 사람들이 상대방에 대해 얘기하는 것을 들어보면 재미있다. 캠프를 주최한 나이 든 어른들은 젊은이들이 응석받이로 자라 버릇도 없고 열심히 일하는 것의 의미도 모른다고 불평했다. 청소년지도자들도 10대들은 버릇이 없고 까다롭고 집중력이 부족하다고 투덜거렸다. 그런데 미국의 10대들과 견주어 보면 채즈와 내가 만난 이 '버릇없는' 아이들이 아주 예의바르고 남을 배려할 줄도 아는 아이들이어서 우리에게는 이런 불평들이 우습게 들렸다.

어느 날 밤, 잠자리에 들기 전에 젊은이들은 나를 자기네 숙소로 부르더니 미국의 젊은 불자들에 관해 질문을 하기 시작했다. 그런데 놀라운 것은 이번에도(다른 곳에서도 체험을 통해 알게 된 사실이지만) 이런 질문들이 불교에 관한 것이라기보다는 불교에 대한 다른 사람의 질문에 어떻게 답하느냐에 관한 것이라는 사실이었다. 우리는 이들을 기독교로 개종시키려는 기독교인들의 엄청난 공세에 대해 이야기를 나누었다. 한 여학생은 불자 친구 하나가 기독교로 개종했는데 그 이유는 스님이나 다른 불자들이 불교에 관한 질문에 만족스러운 답을 주지 못했기 때문이라고 했다. (그 친구의 질문은 어떻게 환생을 증명할 수 있느냐는 것이었다.) 나는 불교로 개종한, 내가 아는 가톨릭 신자가 생각났다. 그는 신부님이 하느님에 관한 질문에 답을 하지 못했기 때문에 개종하였다. 싱가포르의 젊은 불자들은 미국에서는 불자라는 것이 '근사한' 것으로 간주된다는 데 놀라움을 금치 못했다. 싱가포르에서는 그와는 정반대였다. 기독교인이면 근사하고 현대적이고 불자이면 구식이고 시대에 뒤진 것으로 보는 것 같았다.

운영에 많은 어려움이 있었는데도 캠프는 진행되었다. 서로 잘 알지도 못하는 두 명의 미국인이, 이국땅에서, 우리도 만난 적 없고 자기네들끼리도 만난 적 없는 청소년지도자들과 함께, 미국 아이들과 비교해 어떤 행동을 하고 어떤 가치관을 지녔는지도 모르는 아이들을 가르치고 있었다.

캠프가 열렸던 절 경내에서는 공사가 진행되고 있었고, 신자들이 늘 오갔고, 샤워하고 잠잘 공간이 부족했고, 벌레와 소음과 더위와 습기가 가득했고, 인근의 교통이 불편했는데, 거기다 사용할 수 있는 시간이 건물마다 다른 곳에서, 우리가 처음에 요청했던 직원의 절반만을 데리고 아홉 살에서 열다섯 살에 이르는 아이들(10대를 위한 캠프였는데 부모들의 요청으로 나이 제한을 완화했다)을 가르쳤다. 게다가 대부분의 아이들은 스스로 좋아서 온 것이 아니었다. 부모님들이 보내서 온 것일 뿐이었는데도, 놀랍게도 캠프는 제대로 진행되었다.

캠프가 시작되었을 때 아이들은 신발을 법당 문 밖에 아무렇게나 벗어 놓았다. 그러나 셋째 날 내가 법당에 도착했을 때 나는 아이들이 신발을 가지런히 열을 맞추어 벗어 놓은 것을 보았다. 이 캠프가 정념을 계발하는 정진을 위한 것이었으므로 이런 작은 행동들은 우리의 성공을 보여 주는 것이었다.

명상 훈련은 미각에 초점을 두었다. 우리는 학생들에게 건포도를 하나씩 나누어 주었다.

"이 건포도를 입 안에 넣고 모든 느낌과 맛을 새기면서 천천히 씹도록 합니다."

채즈가 설명했다.

명상 수련을 하고 있는 말레이시아 청소년들.

"적어도 1분 동안 건포도를 씹도록 해 봅니다."

시계를 보고 있던 채즈가 5분이 지나 둘러보니 대부분이 아직도 열심히 건포도를 씹고 있었다. 우리는 만족스러운 웃음을 지었다.

"자, 이제 삼켜도 좋습니다. 어떤 체험을 했나요?"

한참 침묵이 흘렀다. 마침내 한 학생이 손을 들었다.

"톡 쏘는 맛요."

한 학생이 말을 하자 많은 학생들이 대답하기 시작했다.

"처음 깨물었을 때 껍질이 터지는 거요."

"침이 흘러나오는 느낌요."

"미미하기는 하지만 약간 떫은 맛요."

많은 아이들의 얘기를 듣고 나서 채즈가 "여러분, 이것이 바로 건포도를 먹는 법입니다"라고 하자 모두들 웃음을 터뜨렸다.

채즈는 모두 등을 바닥에 대고 누워서 하는 긴장완화 명상도 지도했다. 학생들이 이 명상을 제일 좋아했음은 두말할 필요가 없다. 20분이 채 못 되어 둘러보니 대부분의 학생들이 코를 골고 입을 벌린 채 몸을 뒤척이기도 하며 잠이 들어 있었다. 활기에 넘치는 아이들이 이처럼 평온해진 것을 보니 이상할 정도였다. 청소년지도자들도 잠들어 있었다.

정진이 끝날 무렵에 가서는 아이들에게 하루 동안 두 시간 이상 명상하게끔 했다. 열한 살짜리 어린이가 눈을 감고 조용히 앉아서 20분 동안 호흡을 관찰하는 모습을 상상해 보라. 실제로 가능한 일이었다.

캠프 주최자들은 저녁 법문 시간에 스님들을 초청해서 법문을 듣고자 했다. 하지만 채즈와 나는 우리가 설법하는 것이 바람직하다고 생각했다. 왜냐하면 저녁때쯤이면 우리가 그날 학생들이 체험한 것을 이해하는 데 어떤 것이 도움이 될지 알 수 있기 때문이었다. 그렇지만 우리가 이를 바꿀 수는 없었고 우리는 더 이상 이에 대해 이의를 제기하지 않았다.

첫 번째 스님은 중국 분으로 생각이 신체에 끼치는 영향에 관해 이야기했다. 스님은 그 예로 과학실험을 들었는데, 진언종 스님 한 분이 물 한 컵을 놓고서 물에 사랑하는 마음을 보냈더니 물속의 박테리아가 증식했고 다시 한 기공 스승이 컵의 물에다 증오하는 마음을 보냈더니 물속의 박테리아가 죽기 시작했다는 실험 결과가 나왔다고 했다.

둘째 날 저녁의 법문에는 좀 문제가 있었다. 스님은 태국의 다마웃 총림 스님이었는데 그는 아이들에게 호랑이와 귀신과 마귀들이 들끓는 정글에서 수행하는 것이 얼마나 무서운지에 대해 이야기를 했다. 스님은 하나하나 열거하며 이야기를 했고 어린 아이들은 겁을 잔뜩 먹게 되었다. 법문이 끝난 후 어린 남자아이가 법당 밖에 있는 나무들을 가리키며 "저게 정글이야?" 하고 묻는 것을 들었다. 나중에 채즈와 나는 아이들에게 절은 좋은 귀신들만 찾아오는 아주 특별한 곳이어서 안전하다고 얘기해 아이들을 안심시켜야 했다. 스님이 아이들의 민감함을 이해하지 못했다는 게 실망스러웠다.

캠프 마지막 날 저녁에는 학생들이 모두 일어나 사찰 요리사들에게 박수를 보내고 감사를 표했다. 요리사들은 고마워했는데 그들이 한 번도 이렇게 인사를 받은 적이 없었다는 것을 나중에 들었다. 캠프가 끝나자 아이들은 떠나려고 하지 않았다. 올 때 억지로 왔고, 처음에 명상과 채식 (대부분 집에서는 고기를 먹었다)에 대해 불평을 했는데도 불구하고 떠날 때는 마지못해 돌아갔다. 싱가포르 사회는 학생들이 직접 말했듯이 아주 보수적이어서 전례가 없는 자유시간이 있는 캠프에 간다는 것이 이들에게는 아주 특별한 것이었다.

캠프가 끝난 뒤 청소년지도자들과 채즈와 나는 함께 시내로 나갔다. 그들은 아이들이 불교가 그저 동양적인 것만이 아니고 서구인들도 불교를 좋아하고 불교가 멋진 것임을 보게 되어 무척 좋았다고 했다. 명상을 가르치기는 했지만 채즈와 나는 명상이 남이 시켜서 하는 활동이 아니라 개인적인 수양임을 보여 주어 명상을 그 나름의 독특한 맛을 지닌 것으로 제시하려고 했다. 이런 세심함이 아이들에게 큰 도움이 되었던 것 같다.

나는 어린이들이 많은 사랑을 필요로 한다는 사실을 알게 되었다. 싱가포르 사람들은 부모가 자식들에게 애정 표현을 잘 하지 않는다는 것을 시인했다. 캠프에 참가했던 아이들은 애정에 굶주려 있었다. 처음에는 나도 사랑을 베푸는 것이 쉽지 않았다. 어린이들과 함께 하는 것이 내 어린 시절의 기억과 내가 겪었던 엄청난 아픔을 불러일으켰다. 그래서 어린이들이 얼마나 쉽게 상처를 받을 수 있는지를 이해하려고 애썼다.

그 후 몇 년 동안 나는 한국 청소년들과도 시간을 보냈는데 문화와 불교 그리고 자기 정체에 관한 이들의 질문과 문제들이 내가 가르쳤던 싱가포르, 말레이시아, 인도네시아의 아이들과 다르지 않다는 것을 알게 되었다.

이야기, 스물셋

정글 속의 절

'쿠티스'라고 하는 명상용 오두막.

싱가포르에서 어린이캠프를 마친 후 나는 해협을 건너 말레이시아로 가서 4일 동안 정글에 있는 태국 절에 머물렀다. 내가 방금 떠나온 도시의 절과는 달리 절은 시원하고 조용했다. 대여섯 분의 스님이 상주하고 있었고, 추가로 계를 받아 스님들처럼 보이지만 사실은 정식 계를 받지 않은 여섯 명의 재가자가 있었다.

일정에 따라 우리는 새벽 4시에 일어나 45분간 팔리어로 독경을 하고 뒤이어 두 시간에 걸쳐 명상을 해야 했다. 대부분의 스님들과 절에 머무는 이들은 한 번도 일어서는 법 없이 앉아서 명상을 해냈다. 그러나 유약하기 그지없는 외국인인 나는 좌선과 행선을 병행해야 했다. 일정에 따라 저녁 7시부터 10시까지 같은 수행을 되풀이했다. 그런데 스님의 대부분이 명상 중에 잠을 잔다는 것을 눈치챘다. 그래서 좌선을 좀 더 적절한 시간에 하는 것이 좋겠다는 생각을 하게 되었다.

어느 날 저녁, 명상을 하던 중에 눈을 뜬 나는 금동불상에서 반사되어 비치는 촛불 속에서 여섯 스님의 그림자를 보게 되었다. 기름야자수 잎 사이로 별이 총총했다. 귀뚜라미 소리와 열대 지역의 새 소리가 숲 속에서 들려왔다. 새끼 고양이 다섯 마리가 불단 근처에서 놀고 있었다. 그런데 이슬람 사원에서 기도를 알리는 감상적이고도 동경하는 듯한 신호가 멀리서 들려오기 시작했다. 2547년의 전통을 지니고 있으며 그 오랜 옛날과 다를 바 없는 승복을 입고 있는 스님들과 좌선하고 있는데, 유서 깊은 다른 종교의 예배를 알리는 소박하면서도 운치 있는 신호를 듣다니 얼마나 멋진가!

말레이시아에 도착하기 2주 전부터 나는 정진에 대비하기 위해 커피를 끊었다. 명상 중에 카페인 부족에서 오는 두통으로 고생하고 싶지 않아서였는데 절에서는 내가 매일 아침에 마시는 커피를 제공하지 않을 것이라 생각했기 때문이었다. 그런데 절에 도착한 지 한 시간이 채 못 되어 주지스님이 내게 커피를 대접했다.

절에 도착해서는 사찰을 견학했는데 절을 둘러보는 중에 남자들의 처소 주방에 펩시와 같은 음료와 가공처리한 스낵 등 온갖 인스턴스식품이 가득 차 있는 것을 보았다. 점심 때 재가신도들은 인근 중국식당에서 가져온, 기름기 많고 식품첨가물(MSG)이 잔뜩 들어 있는 고기로 만든 음식을 스티로폼 접시에 담아 공양을 올렸다. 그런데 내가 머물 여성들의 처소 주방에는 서구의 불교센터에서 볼 수 있는 통귀리와 액체버터와 그 외에도 흔치 않은 특별한 음식 등 건강식품들이 잔뜩 쌓여 있었다.

어떻게 이럴 수가 있나 궁금했는데 알고 보니 아유르베딕(인도의 전승의학 전통과 요가수행 체계의) 영양사가 된 퇴직 간호사가 몇 주 전에 와서 절에 기거하는 사람들에게 좋은 음식을 먹는 법과 음식이 건강과 마음에 미치는 영향, 그리고 재가자들이 스님들에게 건강에 좋은 음식을 공양하는 법을 가르쳐 주려고 했다는 것이었다. 그분은 절마다 찾아가서 음식문화를 바꾸기로 작정했다고 한다. 그분이 여성들의 거처에 건강에 좋은 음식들을 사 주고 간 것이었다.

그 영양사가 내가 절에 머물 때 절에 돌아와 있었다. 이번에는 절에 있는 모든 사람들에게 엡슨 소금물을 마시는 특별한 '장 청소'를 하게 했는데, 이 때문에 화장실에 불이 났다. 이 특별한 청소는 사람들의 간에 축적된 담석을 제거하는 것이라 했다. 모두들 이에 큰 관심을 보였는데 한 사람이 자신의 성공을 증명하기 위해 변을 보여 주겠다고 했다. 그는 "내 것을 보여 드릴까요?" 하고 물어왔는데, 그의 몸에서 빠져나온 담석을 두고 하는 말이었다.

나는 장 청소를 하지는 않았지만 이들의 흥분을 함께하게 되었다. 모두들 화장실로 달려가는 바람에 그날 저녁 명상은 물론 다음 날 아침 명상까지 취소해야 했다. 스님들이 화장실을 가기 위해 계속 자리에서 뜨는 것을 원치 않았기 때문이었다.

내게는 이런 것들이 조금 우스웠는데 현재 태국의 출가스님들은 부처님의 본디 가르침으로 되돌아갔다는 의미에서 자신들을 '개혁' 승이라 간주하기 때문이다. 이들은 수세기 동안 축적된 무의미한 의식과 공양을 모두 제거해 버렸다. 그런데도 이들은 돌아서서는 금방 태도를 바꾸고 "아, 아유르베다, 좋지요"라고 한다. 그렇지만 절에 사는 모든 사람들이 좀 더 나은 음식을 먹게 되기를 바란다. 다음에는 누군가가 스님들에게 하타요가를 소개해 주기를 바라는데, 이들의 명상하는 자세가 아주 불량해서 좌선하는 동안 통증을 겪고 있는 것이 분명했기 때문이다.

배리불교학연구센터

신학 석사 학위를 받고 하버드대학 신학대학원을 졸업하고 나서 나는 2년 동안 대학교 입학사정관에서 일했다. 일미는 박사 과정에 진학해 식민지시대 일본과 한국 불교에 대해 연구했다. 다양한 종교적 배경을 지닌 지원자들이 자신들의 삶에 대해 쓴 수많은 에세이를 읽고, 이로부터 나는 젊은 불자들이 가는 길이 아주 전형적이면서도 독특한 특성을 지니고 있음을 알게 되었다. 한 개인이 영적인 길을 가게 되는 데는 불교, 이슬람교, 힌두교의 특정한 가르침의 영향을 받아서라기보다는 젊은이로 성장한다는 것 자체가 중요한 역할을 한다는 사실을 인식하기 시작했다. 2005년 위즈덤출판사에서 발간된 나의 두 번째 선집인 『붓다 그 첫 만남 : 불교에서 길을 찾은 젊은이들』(『The Buddha's Apprentices』의 한글 번역본 제목)은 불자의 길을 가는 이들이 어떻게 성숙해 나가는지를 상세히 다루는 한편 이런 폭넓은 이해를 반영하고 있다.

입학사정관에서 일한 지 2년이 되어갈 즈음 나는 마음을 종잡을 수가 없었다. 그래서 동생을 돌보고 난 후 평정을 되찾기 위해 윌리엄스대학과 배리불교학연구센터.

하버드대학 신학대학원 사이에서 일 년간 일한 적 있었던 배리불교학연구센터의 원장에게 편지를 썼다. 원장은 8월에 부원장 자리가 비게 되는데 내게 그 직책을 맡아 달라는 제안을 했다.

2003년 8월, 내가 도착했을 때 센터는 동양과 서양의 유명한 스승들을 모시고 시행하는 매년 30여 가지에 이르는 정진과 연구 과정에 참가하는 수련생이 1000여 명(한국 불교 기준으로 보면 그리 대단한 숫자는 아니지만 미국 불교에서는 상당한 숫자이다)에 이를 정도로 번창하고 있었다. 스트레스가 쌓여 숨 쉴 틈도 없이 말을 빨리 하는 도시 사람들이 며칠 후에는 미소와 부드러움과 여유 있는 말투를 지니고 떠났다.

정진하러 오는 학생들이 직원들에게 아주 무례하게 대할 때도 있었는데, 한번은 성질이 급하기로 유명한 채러티Charity라고 하는 수련생이 주차장의 진흙 때문에 자신의 비싼 부츠가 더러워지게 되었다고 강의 매니저에게 호되게 따지는 것을 들었다. 이런 도전에 대응하는 것을 불교 수행의 하나로 간주하는 직원들은 언제나 이에 친절하게 대했다. 불평한 학생들은 며칠 후에 다시 찾아와, 직원들이 불교의 계율을 준수하는 데 최선을 다하고 있다는 것을 알게 되었다고 하면서, 불평불만을 들으면서도 직원들이 보여 준 인내와 배려에 고마움을 표하는 경우가 많았다. 채러티는, 사과는 하지 않았지만 큰 기부금을 남기고 갔다.

학생들을 관찰하는 일은 언제나 재미있었다. 센터가 특정 종파에 국한되지 않았기 때문에 여러 불교 종파의 스승들이 가르침을 주기 위해 왔고 주말마다 문화가 변했다. 선을 공부하는 학생들은 삭발을 하거나 짧은 머리를 하고, 단순한 검은색 또는 회색 복장을 갖추고, 조용하고, 깨끗하고, 제 시간에 도착하고, 맡은 일을 꼼꼼히 해냈다. 선을 공부하는 학생들이 와 있을 때 주방과 식기는 언제나 완벽하게 정돈되어 있었다. 밀교를 공부하는 학생들은 이와는 정반대였다. 시끄럽고, 질서도 없고, 몇 시간씩 늦고, 다음 수업이 시작되기 전에 주방이 치워진다면 운이 좋은 편이었다. 그들은 다양한 스타일의 옷과 색깔이 있는 옷을 입는 편이었다. 비파사나를 공부하는 학생들은 중간 정도라고 할 수 있는데, 선 쪽에 가까운 편이었다. 늦어야 5분에서 10분 정도이고, 깨끗하기는 하지만 유난스러운 정도는 아니고, 얘기를 해도 조용하게 했고, 점심 후에도 주방은 깨끗했다.

출입구에 놓인 신발만 봐도 어떤 그룹이 와 있는지 알 수 있었다. 선을 공부하는 학생들의 신발은 가지런히 한쪽에 놓여 있었고 밀교를 공부하는 학생들의 신발은, 발 디딜 틈이 없을 정도로 여기저기 흩어져 있어 신발 한 짝이 엉뚱한 곳에 가 있기도 했다. 비파사나를 공부하는 학생들은,

발 디딜 공간을 배려해 비워 놓기는 했지만 가지런하게 벗어 놓지는 않았다.

학생들로부터 흔하게 듣는 말 중의 하나가 불교센터에서 일하니 얼마나 좋겠느냐는 것이다. 사무실에서의 이해관계, 고충, 장애, 서열 등 직업생활에 관한 어려움들이 불교적인 맥락에서는 줄어드는 것으로 생각한다. 하지만 내 체험은 그렇지 않았다. 사람들이 더 좋은 행동을 하려고 애쓰는 것은 사실이지만 바깥세상을 통치하는 동일한 인간 사이의 역학이 명상센터에서도 적용된다. 한국인 독자들은 추잡한 싸움, 갈등, 세력권 유지, 반감 등 한국 사찰에서 표면을 거쳐 깊이 들어가 보면 볼 수 있는 불쾌한 문제들이 서구의 불자들에게는 없다고 생각할 수도 있다. 스타일과 언어는 다르지만 어느 대륙에 살고 있든지 사람들은 다를 바가 없다. 연구센터에서 일하면서 겪은 것을 잠시 살펴보려고 한다.

일미와 나는 오래된 농장에 딸려 있는 아담한 아파트에서 살게 되었다. 몇 명의 다른 직원들도 센터 안에서 살았다. 이삿짐을 풀고 어느 정도 정돈이 되자 나는 정열과 아이디어로 가득 차 새 일을 시작했다. 나는 스물여덟 살이었고 나보다 나이가 많은 네 명의 직원을 거느리게 되었다. 전 매니저인 필리스Phyllis는 불쾌한 듯한 표정에다 말수가 적은 여성이어서 아

배리불교학연구센터의 명상실.

배리불교학연구센터의 법당.

무도 좋아하지 않았다. 필리스가 매니저로 있는 동안 직원들은 태만해져서 한번에 몇 시간씩 자리를 뜨곤 했다. 전화도 제대로 받지 않았고, 수행 프로그램 등록을 처리하는 데도 몇 주일씩 걸렸다. 내가 맡게 될 일이 어떤 지경에 처해 있는지 나는 전혀 모르고 있었다.

이런 태만함에다 직원들은 하나같이 내가 갖춘 관리기술 이상을 요구하는 큰 문제들을 가지고 있었다. 사무실 관리인이자 정비팀이었던 드와이트Dwight는 죽은 벌레들이 도서관 구석에 쌓여 있는데도 페인트 통을 선반에 가지런히 정리하는 데만 신경을 썼다. 또 불교에 대해 아주 엄격한 견해를 가지고 있어서 다른 직원들이 '불자다운지 아닌지'에 대해 늘 비평을 했다. 키가 크고 깡마른 데다 어두운 표정을 한 그는 센터가 문을 닫은 뒤에도 골룸[2] 같은 인상을 하고는 센터를 돌아다니곤 했다. 그는 또 점성술사이기도 했는데, 한번은 내가 부처님이 점성술을 불교 수행에서 금하고 있음을 그에게 상기시키고 이 문제를 어떻게 처리할 수 있겠느냐고 물었다. 그는 내 질문에 답을 하지 않았다.

주방장인 팸Pam은 오랫동안 정신질환을 앓았는데 어느 정도 회복이 된 상태였다. 그녀는 상냥하고 온화하고 포용력이 많은 사람이었다. 그러

---

2) 톨킨의 『호빗』, 『반지의 제왕』에 등장하는 인물.

나 멍하게 있을 때가 많아서 오븐을 켜 놓은 채로 두거나, 스토브를 켜고는 불붙이는 것을 잊어버려 주방을 폭발성 가스로 가득 차게 만들곤 했다. 한번은 올리브와 이집트 콩을 예로 들면서 좀 더 다양한 샐러드를 만들어 달라고 부탁을 했다. 다음 식사 때 팸은 큰 접시에 올리브와 이집트 콩만으로 만든 샐러드를 내놓았는데, 샐러드라고 하기에는 아주 가관이었다.

가장 힘들었던 직원은 이들 중에서 제일 정상적으로 보였던 앤젤라^{An-gela}였다. 그녀는 30대 중반의 젊은 여성으로, 키가 크고 붉은 기가 도는 금발에 인상적인 아일랜드형의 얼굴을 한 아주 매력적인 여성이었다. 그녀는 강좌 매니저이자 총무실 직원이었다. 그런데 앤젤라는 같은 서류작업을 4년 동안이나 하고 있어서 지겨워하는 것이 분명했다. 업무 시간의 절반 정도의 시간만을 책상에서 보냈다. 내 상사인 원장은 내가 새 직책을 맡고 일을 시작하기 전에 앤젤라가 일에 집중하게끔 해 놓겠다고 약속해 놓고도 이 문제에 대해 언급하기를 주저했고, 결국 내가 이를 맡아 처리해야 했다. 나는 앤젤라에게 근무시간 활용에 대해 얘기할 게 있다고 편지를 썼다. 업무 기준에 따라 모든 직원들이 일하는 시간에 그녀가 지난 몇 년간 습관처럼 마음대로 해 오던 사적인 일들을 금하는 것은 물론 아침을 먹거나 세탁하는 일도 하지 말아야 한다고 밝혔다.

내 편지를 읽은 앤젤라는 무척 화를 냈다. 내가 수도 없이 좋은 말로 했는데도 불구하고 그녀는 불평을 하고 탄식을 늘어놓더니 결국에는 원장에게 불만을 털어놓았다. 앤젤라는 내게 화낸 것 못지않게 원장에게도 큰소리 치고 화를 냈지만 원장은 그녀가 일을 좀 더 잘할 필요가 있다는 점을 고수했다.

다음 날 나는 앤젤라의 남자친구가 된 케빈을 우연히 만나게 되었다. 10대 때부터 서로 알고 있었던 우리는 사이가 좋았다. 그런데 그는 예전에 그와 직원들 사이에 있었던 사건으로 인해 연구센터를 싫어하게 되었다. 그는 또 강한 반권위주의적인 견해를 가지고 있었는데 길에서 나와 마주친 그는 화난 얼굴로 내가 앤젤라에게 심하게 대한다면서 나에 대한 실망감을 나타냈다. 그때 나는 그가 앤젤라의 화를 부추기는 데 어느 정도 역할을 한 게 아닌가 생각하게 되었다. 나는 순간 두려워서 무릎이 후들거렸으나 진정하고 케빈에게 내게 실망했다고 해도 나는 여전히 케빈을 존중할 것이라고 말해 주었다.

몇 주 후에 앤젤라는 센터를 그만두었는데, 흥미로운 것은, 그 이후 갈등의 대부분이 사라졌다는 것이다. 앤젤라와 나의 관계는 훨씬 좋아졌다. 나는 앤젤라가 그 직책에 머무는 것은 오히려 자신을 제한하는 것이고 더 많은 것을 할 수 있는 능력을 지니고 있다고 그녀에게 얘기했다. 나는 그녀가 많은 것을 해낼 수 있다고 여겼기 때문에 현실세계로 돌아갈 것을 권했다.

이렇게 다양한 직원들과 일하게 된 지 몇 달 후, 사람들이 명상센터에 오는 이유는 그들에게 뭔가 문제가 있거나 미숙한 구석이 있어서인 경우가 많다는 생각을 하게 되었다. 몇 년 동안, 심지어는 수십 년 동안 명상을 해 온 사람들이 현실생활에서 일상적인 보통 사람보다 훨씬 낮은 수준으로 행동하고 일하는 것을 보니 무척 실망스러웠다. 불교계에 존재하는, 놀라울 정도로 찬란한 빛들을 몇 명 만나기는 했지만 이런 찬란한 빛들 사이에는 미숙하기 그지없는 희미한 불빛들이 존재했다. 환상에서 깨어나게 된 시기였다.

내가 센터에 도착한 그 이듬해, 상황은 아주 어려워졌고 직원들과의 관계도 나빠졌다. 상사로부터 도움이 되는 충고를 받지 못했고, 더러 그의 충고가 일을 더 어렵게 만든 경우도 있었다. 내가 문제를 야기한 것인지 아니면 내가 통제할 수 없는 조직상의 문제인지 분별하기 어려웠고, 그래서 몇 번이나 사직할까 하는 생각을 했다. 이즈음 신학교에서 잠시 알고 지냈던 한국인 기독교인 여성이 연락을 하고서 시골에 있는 나를 방문하겠다고 했다. 잘 아는 사이는 아니었지만 기꺼이 맞이했다.

나는 졸업 후에 그녀가 비영리 교육단체의 원장이 되었다는 것을 알게 되었는데, 그녀는 그 단체에서 일하기 시작한 첫 해, 말할 수 없이 힘들었고 직원들을 원망하게 되었고 직원들도 그녀를 좋아하지 않았다고 했다. 그래서 그녀는 묵상에 들어갔는데 묵상 중에 성신과 교통하게 되었다. 그녀는 성신을 통해 자신이 지도자의 역할에 잘못된 방식으로 접근하고 있음을 알게 되었다. 현명한 지도자는 직원 각자가 최선을 다할 수 있게 해주어야 한다. 직원들이 해내는 일이 만족스럽지 못할 때, 모든 일을 혼자 처리하려 하지 말고 기대를 접어두고 직원들에게 권한을 부여하고 직원들이 각자 맡고 있는 프로젝트를 도와주어야 한다. 그녀는 직장으로 돌아가 그녀가 받은 계시를 실행에 옮겼는데 일 년도 안 되어 직원들이 행복해하고 에너지가 넘치는 팀이 되는 것을 보았고 그녀 자신도 긴장을 풀고 이에 힘을 얻게 되었다고 했다.

그 후 몇 달 동안 나도 그녀의 접근법, 특히 손을 놓아 버리고 신뢰하는 방법을 택했다. 흥미롭게도 몇 명의 사람들이 갑자기 나타나 숙소를 제공받는 대신 자원해서 많은 시간 동안 일을 해 주었다. 이들은 일을 잘 처리해 냈고 새로 직원을 고용할 때까지 많은 일을 잘 돌봐 주었다. 내가 손을 뗄수록 일들이 더 잘 풀려 갔다. 마침내 능력 있고 열심히 일하는 행복한 직원들을 고용해 만족스러운 팀을 형성하게 되었는데, 그때까지 3년이 걸렸다.

매년 태국 불교로 출가한 미국인 백인 원로 스님이 센터에 와서 수행과 관련해 가르쳤다. 이 스님은 독경하는 소리가 내가 들어 본 것 중에서 가장 아름다운 분이었는데, 계율을 철저하게 지키는 분이어서 낮 12시 이전에만 공양을 하였다. 또 이 스님은 여성들을 대하는 데도 아주 신중했는데, 한 예로, 여성과 홀로 방에 있는 법이 없었다. 내가 스님과 행정적인 문제로 얘기할 게 있으면 다른 사람들이 주변에 있는 공적인 장소에서 만나야 했다. 한번은 스님께 작은 책자를 하나 드리려고 책을 두 손으로 들고 바쳤더니 스님이 탁자를 가리켰다. 계율에 따르면 스님은 직접 내 손에서 물건을 받아서는 안 된다. 물건을 먼저 탁자에 올려놓으면 그제야 스님이 집어들 수 있다.

나는 마음이 좀 상했는데, 스님의 몸짓에서, 내가 여자이기 때문에 테라바다 계율에 있어서는 스님들이 계를 수지하는 데 '위협'이 된다고 간주한다는 것이 생각났기 때문이었다. 또 서양인인 스님이 서양의 남녀평등 가치관과 큰 차이가 있는 외국의 관습을 택했다는 것도 마음에 걸렸다. 태국 스님이 그랬다면, 그 스님은 처음부터 그렇게 훈련을 받아왔을 것이므로 마음이 상하지는 않았을 것이다. 하지만, 마음이 상하기는 했지만 한번 계율에 의문을 가지게 되면 한계가 없을 수도 있다는 것을 이해했다. 게다가 스님이 계율과 타협하기 시작하면 태국 스님들 간에 권위를 잃게 될지도 모른다. 그럼에도 불구하고 나는 전통불교의 여러 측면에 대해, 특히 여성에 대한 대우와 포용에 대해 재검토해 볼 필요가 있다고 생각한다.

연구센터에서 행정직원으로 일함으로써 나는 서구의 다양한 교계 스승들을 뒤에서 지켜볼 수 있었는데, 어떤 이들은 아주 겸손해서 사람들 틈에 있으면 이들이 스승임을 아무도 눈치채지 못할 정도였고 또 어떤 이들은 아주 무례하고 오만해서 도대체 누가 이런 사람을 따를까 하는 의문이 드는 경우도 있었다. 유명한 서구의 법사 한 분은 어찌나 냉담하고 말이 없는지 실망할 정도였다. 그 이후 나는 그분이 쓴 글의 진가를 받아들이는 데 어려움을 겪었지만 그래도 훌륭한 스승이며 그분에게서 많은 것을 배울 수 있다는 것을 이해하게 되었다.

처음에는 평범해 보였는데 나중에 얼마나 특별한 분인지를 깨닫게 된 스승들도 있다. 내가 아는 스승 중에 지금까지 만난 사람들에게 한결같이 친절하게 대하는 스승이 한 분 계신다. 그분은 주방장과 관리인을, 큰 기부금을 낸 사람이나 운영직원과 똑같이 대했다. 그분은 우리와 함께 앉아서 오랜 시간 이야기하지는 않았지만 언제나 우리를 알아차리고 우리가 하는 일이나 우리의 존재를 고맙게 여긴다는 느낌을 받는다. 이 점에 있어서 놀라운 것은 그의 행동이 의식적인 것이 아니라 수십 년에 걸친 수행의 발현일 뿐이라는 사실이다. 그러나 그도 행정적인 문제에 있어서 언제나 최상의 판단을 내리는 것은 아니었다. 한번은 내게 한 학생을 고용하는 게 어떻겠느냐는 제안을 했는데 그 학생은 화를 잘 내는 학생이었다. 그는 그 학생이 이미 격하게 화를 내어 일부 직원들을 두려움에 떨게 한 적이 있다는 사실은 고려하지 않고 그 학생에게 도움이 될 것이라 생각해서 그런 제안을 한 것이었다. 다행히 그는 자신의 의견에 특별히 집착하지 않았기 때문에 나와 다른 직원들이 그의 제안을 받아들이지 않기로 한 것을 문제 삼지는 않았다.

나는 연구센터에서 5년간 일했다. 나는 1년간 직원들을 관리한 후에 다른 사람에게 운영과 고용관계 일을 맡기고 프로그램, 기금 모금, 출판, 통신 등의 일을 맡아 했다. 그동안 일미는 박사과정 공부를 하기 위해 하버드대학으로 출근했지만 대부분의 시간을 배리에서 공부하고 글 쓰는 데 보냈다.

이야기, 스물다섯
과거로 인해 지금의 내가 있는 것

명상센터에서 일하는 데 관심을 가진 사람들에 대해 내가 내린 결론 중의 하나는 이들이 해결해야 하는 개인적인 문제들을 가지고 있는 수가 많다는 것이다. 공동체 생활은 문제를 해결하기 전에는 성장할 수 없을 정도로 한 개인이 지니고 있는 특성이나 정신적 충격을 강화시키는 도가니 역할을 한다. 센터에서 직원으로 있던 사람들은 거의 모두가 서양의 심리요법을 공부한 전문가로부터 도움을 받게 되었다. 우리는 가끔 심리치료를 받고 있지 않으면 문제를 부인하고 있는 것이라는 농담을 했을 정도였다.

나도 이 점에서 예외가 아니었다. 센터에서 일하게 된 지 몇 달 만에 나는 매니저로서 실패했다는 데 좌절하고 있었다. 이를 알고 나보다 나이가 많은 친한 친구가 자기 치료 전문가인 60대 후반의 캐롤을 내게 소개해 주었다. 나는 몇 주에 한 번씩 캐롤을 보러 갔다.

캐롤은 정이 많은 사람이었는데 내 응석을 받아주기 위해서가 아니라 내가 어떤 문제를 가지고 있는지 분명하게 보도록 도와주려고 했다. 하지만 더 중요한 것은 캐롤이 적절한 순간에 적절한 질문을 했다는 것이다. 상담 중에는 그녀의 질문이나 소견을 이해하지 못했는데 나중에 그 질문을 다시 생각해 보면 갑자기 모든 것이 분명해지곤 했다. 어떤 면에 있어서 캐롤과 함께한 치료는, 내가 90퍼센트의 일을 했지만 나머지 10퍼센트에 해당하는 객관적이고도 성숙한 치료사의 지도가 모든 것을 변화시킬 수 있었다는 점에서, 스승들과 함께 수행하는 것과 다를 바 없었다고 할 수 있다.

치료가 시간낭비라고 하는 사람들이 많다. 우리가 45분간 떠들고는 큰돈을 지불하고 나온다. 과거에 대해 얘기해 봤자 우울해지기만 할 뿐이지 무슨 소용이 있는가? 하지만 사실은 그렇지 않다는 것을 나는 치료를 통해 알게 되었다. 상담 중에 갑자기 내 과거가 어떻게 현재의 내 행동방식에 영향을 끼치고 있는지를 이해하게 되었고 건전하지 못한 행동방식을 인식하게 되었다. 그 예로, 전혀 다른 사람인데도 아버지와 동년배인 내 상사에게 아버지를 대하는 것과 똑같은 방식으로 내가 대응하고 있다는 것을 알게 되었다. 내가 상사와 어려움을 겪었던 것은 대부분 내가 성급하게 화를 내고, 사실은 적대자가 아닌데도 그를 적으로 간주했기 때문이었다. 있는 그대로 보고 대하는 법을 알게 되자 상황은 호전되었다.

나는 내가 10대 후반이었고 동생의 자살 충동이 시작되던 때부터 치료사를 10여 년간 불규칙적으로 만나 왔다. 명상 수련과 함께 이것이 내 습관과 행동을 개선하는 데 도움을 주었다. 나는 여러 면에서 아버지를 용서했다고 생각하는데 그래도 고통을 느낄 때가 있다. 언젠가 '용서는 분노를 놓아버리는 것'이라는 글을 읽은 적이 있다. 불행했던 일이 기억날 때마다 호흡을 하고, 관찰하고, 놓아버리고, 용서한다. 분노와 두려움과 비난에 집착하는 것이 어떻게 해서 더 큰 고통을 가져다주었는지, 그리고 그것들을 놓아버리는 것이 바로 자유라는 것을 분명히 이해하게 되었다. 나는 과거를 통해 끊임없이 배운다. 대학원생, 직원, 아내, 어머니 등 내 삶의 새로운 국면에 들어설 때마다 나는 과거를 재방문해 성찰해 봄으로써 새로운 지혜를 얻는다. 고전을 읽는 것과 마찬가지이다. 스무 살에 읽었던 책을 마흔 살에 읽어 보면 이해하는 바가 다르다. 이제 와서 나는 누구도 그런 삶을 체험하지 않기를 바라고 나도 그 시절을 다시 살고 싶지 않지만, 그 과거로 인해 지금의 내가 있다는 것을 이해한다.

배리에서 투산으로

일미는 마침내 동아시아 종교로 박사 학위를 취득했고 학위 취득 후 연구 과정을 하버드대학에서 하고 애리조나대학에서 일본종교를 가르치게 되었다. 애리조나대학은 미국 대륙을 가로질러 서쪽에 있는, 산으로 둘러싸인 작은 사막 도시인 투산에 있었다. 배리불교학연구센터에서 5년간 일하면서 지낸 이후 우리는 현실세계로 돌아가게 되었다.

우리가 배리를 떠나기 전날이었던 2008년의 6월을 기억한다. 내가 17년 동안 관여해 온 인사이트 명상회가 있던 대형 건물을 처음부터 끝까지 걸으면서 살펴보았다. 법당에 있는 불상에 절을 하고 눈에 익은 방들을 지나가는데 갑자기 큰 슬픔이 밀려왔다. 선 센터와 모든 법우들에게 작별 인사를 하고 나는 다시 모든 친구들을 두고 떠나야 하는 여덟 살짜리 아이가 되어 있었다. 눈물이 흘렀다. 하지만 나는 이제 더 이상 힘없는 아이가 아니며 언제든지 돌아올 수 있다는 것을 생각했다. 거기다 페이스북도 있다! 직원들이 우리 아파트로 와서 짐을 이삿짐 차에 실어 주었다. 이들의 사랑이 넘치는 전송에 가슴이 뭉클했다.

명상센터 친구들과 내 동생이 이삿짐을 트럭에 싣는 것을 도와주었다.
일미는 4282km 떨어져 있는 애리조나로 운전했다.

part

4

성찰로
깊어지는 수행

2008년. 일미와 프리야와 선재.

엄마가 된다는 것

프리야가 태어난 직후 프리야를 안고 있는 어머니.

2005년 후반 내가 배리에서 일할 때 딸 프리야 로즈Priya Rose가 태어났다. 프리야는 병원의 따뜻한 물로 채워진 특별한 욕조에서 자연분만으로 태어났다. '프리야'는 산스크리트어로 '사랑 받는' 또는 '많은 이들로부터 사랑을 받는'이란 뜻을 가지고 있다. 아들 선재는 2008년 초에 같은 방식으로 태어났다. 선재(산스크리트어로는 '수다나Sudana')는 『화엄경』에서 53명의 선지식으로부터 배움을 구하고서 깨달음을 얻게 된 동자의 이름이다. 어머니가 두 아이를 출산할 때 함께해 주었다. 사실은 어머니가 네 명의 자녀 중 세 명을 선 센터에서 자연분만으로 낳았기 때문에 나도 거기에 힘입어 자연분만을 하게 된 것이었다.

부모가 된다는 것은 쉬운 일이 아니었다. 지금까지 내가 한 일 중에서 가장 힘든 일이라 할 수 있다. 처음부터 나는 엄마로서의 역할을 불교 수행과 병행하려고 애썼다. 그러나 부모 역할을 하면서 수행하는 것은 일상적인 수행을 하는 것과는 아주 다르다. 아이가 없는 친구가, 내 딸이 한 살쯤 되었을 때, 명상 수행은 어떻게 하고 있는지 그리고 언제 다음 정진에 들어갈 것인지를 물어왔다. 웃음이 나올 지경이었다. 또 최근에 한 스님에게 우리 아이들이 새벽 4시 30분에서 5시 사이에 나를 깨운다고 했더니, 스님은 "그러면 4시에 일어나서 명상을 하세요"라고 했다. 울고 싶었다.

특별한 경우를 제외하고 아기가 있는 부모가 공식적인 좌선 수행을 하기란 거의 불가능하다고 볼 수 있다. 어떻게 해서 조용한 자유시간이 생긴다 하더라도 대부분의 부모, 특히 어머니들은 엄청난 잠 부족에 시달릴 뿐 아니라 아기를 쉬지 않고 돌보느라 완전히 지쳐 있기 때문이다. 딸이 아기였을 때 몇 번 좌선을 시도해 본 적이 있는데 마음이 너무 산만하고 무감각해서 평정은 고사하고 명확하고 체계적인 생각조차 할 수 없었다. 그 당시 나는 완결된 문장으로 이야기를 할 수도 없었고 기본적인 단어조차 기억하지 못했다.

좌선과 장기간에 걸친 정진이 진짜 수행이라고 하는 편견과는 다르게, 아이를 양육하는 일이 우리가 생각하는 것보다 훨씬 더 힘든 정진임을 깨닫게 되었다. 그 예로, 프리야가 태어난 직후 갓난아기가 그토록 쉴 없는 보살핌을 필요로 한다는 걸 깨닫고 나는 무척 당황했다. 30분마다 잠을 설쳐야 했다. 이런 수준의 주의를 지속하는 것이, 초보자라면 다 그렇듯이 처음에는 무척 어려웠다. 하지만 시간이 지나면서 주의를 기울이는 것이 좀 더 쉬워졌고 초기의 불안도 일종의 조심성으로 완화되었다. 10개월 후, 프리야가 기어 다니고 걷기 시작하자, 조심성은 잠재적인 위험에 대한 더욱 민감한 감각으로 바뀌었다. 대부분의 부모들처럼 나도 제6의 감각이 생겨서 프리야를 보고 있지 않을 때도 위험을 감지할 수 있었다. 자식들의 안전을 위해 부모들이 지속적으로 주의를 기울이는 것이 좌선 중에서 호흡을 관찰하는 것 못지않게 효과적인 수행이 될 수 있다는 것을 과소평가해서는 안 된다.

엄청난 잠 부족이 마음을 산만하게 만들기 때문에 가장 안전에 유의해야 하는 때에 우리는 되레 위험에 처하게 된다. 내가 운전하기를 거부할 때가 있는데 그때는 나의 두뇌활동 속도가 술 취한 사람과 다를 바 없을 때이다. 마음을 집중할 수가 없어서 물건을 떨어뜨린다거나 양파를 자르다가 손을 다치는 실수를 하기도 했다. 한 가지 일을 끝내는 데도 정신적인 노력을 들여야 했다. 명상 정진을 통해 배운, 다양한 상태에 있는 마음을 통제하는 훈련이 큰 도움을 주었다. 그런 정신으로 일함으로써 나는 지속적으로 정신수양을 한 셈이다.

아이들이 태어나기 전에 나는, 내가 특별히 이기적인 사람은 아니었지만 다른 젊은이들과 마찬가지로 나 자신에 관해 생각하고, 나 자신에 대해 공부하고, 나 자신을 향상시키고자 노력하고, 나 자신에 관해 많은 이야기를 하고, 나 자신에 관해 걱정했다. 아이를 낳고는 갑자기, 나 자신은 물론 남들에게 있어서도 나는 그다지 문제가 되지 않았다. 대부분의 부모들이 겪었듯이, 나는 '수미'보다는 '프리야와 선재 엄마'로 더 알려지게 되었다. 간단히 말해, 부모가 된다는 것은 자기중심적인 체험으로부터 완전히 벗어나는 것이었다. 불교는 우리가 겪는 대부분 문제들의 근원이 자아에 대한 집착이므로 자아를 놓아버리라고 가르친다. 부모가 됨으로써 우리는 이런 이기주의로부터 크게 벗어날 수 있다.

몇 년 전 내가 아이를 가지기 전에, 하버드대학 신학대학원의 불교학 교수가 강의 중에 개인적인 경험을 이야기했다. 교수는 어린 딸과 함께 놀이터에 있었는데 딸이 콧물을 흘리는 것을 보았다. 닦을 것이 아무 것도 없어서 그는 자기 손가락으로 콧물을 닦아 주었다. 그 순간 교수는 딸의 콧물이 더럽다고 느껴지지 않았다는 데 놀랐다. 그는 나와 남이 별개가 아니라는 불교의 가르침을 그때 이해하게 되었는데, '나'란 존재하지 않기 때문이다. '수미'는 하나의 고정된 별개의 존재가 아니라 습관과 육체적인 요소와 관계 등으로 이루어진 집합체로 존재하는 것이다. '수미'의 일부는 두 아이들과의 관계이다. 교수가 딸의 콧물을 더럽다고 느끼지 않은 것은 딸의 콧물이 바로 자신의 콧물이었기 때문이다. 우리는 이런 나와 남이 동일함을 자녀들과의 관계에서 일별할 수 있다. 이런 순간에 부모들은 협소하고 자아에 묶인 자신으로부터 벗어나는 기쁨을 체험한다.

스님들이 육체에서 배출되는 모든 것을 관하듯이, 아기를 돌보는 것도 육체에 대한 집착에서 벗어나기 위해 그 본성에 대해 고찰할 수 있는 많은 기회를 제공해 준다. 시도 때도 없이 부모는 아기의 구토물, 똥, 오줌, 침, 콧물, 귀지, 손톱을 만진다. 음식을 소화하기 위해 겪는 어려움이나, 심지어는 가장 아름다운 한창의 나이에도 악취를 풍길 때가 있는 육체의 본질을 잘 알게 된다.

아이를 가지기 전이었던 스물아홉 살 때 나는 내가 능력 있고 학식을 갖춘 사람임을 확신하고 있었다. 그러나 딸이 태어나고 서른 살이 되었을 때에는 내게 그런 면이 있을 거라고 전혀 생각하지 못했던 최악의 성격이 표출되는 것을 보았다. 완전히 녹초가 되어서 인내심을 잃어버리고, 소리를 지르고, 실망과 함께 분노로 손이 떨릴 때도 있었다. 이런 일들은 내가 다른 분야(직업, 결혼, 우정의 면에서 또는 불자로서)에 있어 아무리 능력을 갖추고 있다 하더라도 부모 노릇을 하는 데 필요한 기술과 성숙함이 부족했기 때문에 일어난 것이다.

젊은 부모들인 내 친구들을 통해, 많은 사람들이 준비되지 않은 상태에서 부모가 되었다는 것을 이해한다. 겸손을 배울 때도 있지만 완전히 절망적인 날들도 적지 않다. 아이를 키운다는 것은, 우리들의 큰 결점과 새로 발견하게 된 나쁜 습관들을 드러냄으로써, 생소한 방식으로 우리를 시험한다. 그 과정을 통해서, 젊은 시절의 순진한 자신감과 자존심을 얼마간 잃게 되고 우리의 한계에 대해 좀 더 현실적인 평가를 하게 된다.

한번은 한국인 할머니가 야유회에서 내 두 아이의 뒤를 쫓아가고 있는 나에게 말했다.

"엄마가 되는 것은 보살이 되는 것이야."

물론 아버지들의 경우도 마찬가지이다. 아이를 키우는 것이 어떻게 철저한 불자가 되게끔 해 주는지를 이해하는 것은 어렵지 않았다. '엄마'라고 하는 고된 역할을 잘 해내어서 내가 좀 더 친절하고 인내하고 사랑하고 남들을 위하고 유념할 수 있도록 하는 데 도움이 되기를 바랄 뿐이다.

이야기, 스물여덟

아름다운 이별

프리야가 태어난 지 얼마 되지 않아서, 일미의 할머니가 위독하시다는 전화를 받았다. 36시간 만에 한국에 도착해 비행기에서 내리자마자 우리는 일 분도 허비하지 않고 전속력으로 차를 달려 광주에 도착했다. 삼촌 아파트에 도착했을 때 할머니는 방에 누워서 고르지 못한 숨을 쉬고 있었다. 눈을 감고 계셨는데 숨을 내쉴 때마다 '나무아미타불'을 나직하게 염했다.

"할머니, 제가 왔습니다."

일미가 할머니의 손을 잡고 말했다.

할머니는 말을 하지는 못했지만 일미의 손을 꼭 쥐어서 일미의 말을 듣고 이해했다는 것을 알려주었다.

"할머니, 고맙습니다. 제가 어렸을 때 저를 돌봐 주신 것, 저한테 해 주신 것, 모두 감사드립니다."

일미가 이어서 말했다. 그러고는 막 5개월 된 프리야를 할머니 곁에 앉혔다.

장의사가 장례식을 위해 시신을
수습하는 동안 기도하는 가족들.

"할머니, 제 딸입니다."

일미는 할머니가 프리야를 느낄
수 있도록 할머니의 손을 아기의 손
에 잠시 올려놓았다.

나는 프리야를 옆방으로 데리고 가 젖을 먹이고 쉬었다. 45분쯤 후에
통곡하는 소리가 들렸다. 일미의 할머니가 돌아가셨다. 할머니는 세상을
하직하기 전에 일미가 오기를 기다리셨던 모양이다. 일미는 할머니가 '나
무아미타불'을 염하면서 조용히 숨을 거두었다고 했다.

내가 방에 들어서자 친척들이 모두 슬픔에 젖어 통곡하고 있었다. 일미
의 삼촌과 아버지는 할머니 곁에 무릎을 꿇고 앉아 울면서 할머니를 끌어
안았다. 일미가 우는 것을 처음 보았다. 일미는 온 얼굴이 눈물로 뒤범벅
되어 있었다. 얼마 후에 병원에서 사람들이 와서 할머니의 시신을 수습해
갔고 우리는 병원 영안실에서 온종일 가족과 친지들의 조문을 받았다. 24
시간 후 우리는 할머니를 돌아가신 할머니의 남편, 자녀들, 그리고 일미
의 어머니 곁에 묻어 드렸다.

이야기, 스물아홉

다오 추안 스님을 기리며

투산에 도착해 새 아파트를 정리한 후 나는 프리야와 나를 위해 절이나 명상센터를 찾기 시작했다. 낮에 법회를 하는 가장 가까운 절이 베트남 절이었다.

베트남 절에 도착해 주차장에 차를 세우고 있는데 몇 명의 베트남 비구니스님들이 황색 승복을 펄럭이며 우리 곁을 지나갔다. 체구가 왜소한 이 스님들은 음식을 준비하기 위해 온 보살님들을 통솔하고 있었다. 이 절은 낮은 콘크리트건물에 사찰로 들어오는 커다란 황색 문이 있는 평범한 절이었다. 투산의 다소 위험한 이웃의 주택들 사이에 자리 잡고 있는 이 절은 간간이 물건이 없어지거나 불상의 손이 떨어져나가는 경우가 있었다.

우리는 토론이 진행되고 있는 법당으로 들어갔다. 열 명 정도 되는, 베트남인이 아닌 사람들이 방에 네모나게 앉아 있었다. 대부분 나이가 지긋한 백인들이었는데 영어를 하는 대만이나 말레이시아 등에서 온 아시아인도 몇 명 있었다. 모두들 앞에 앉은 나이 든 백인을 바라보고 있었

213

다. 그는 삭발을 했고 긴 황색 승복을 입고 있었다.

"아미토-포! 어서 오십시오!"

스님이 기쁜 듯이 말했다.

다오 추안 스님은 70대였지만 안경 너머로 보이는 눈은 활기로 반짝거렸고 그의 환한 미소는 우리의 긴장을 풀어 주었다. 우리는 삼배를 하고 다른 사람들과 함께 바닥에 앉았다. 불단은 베트남·중국식으로 많은 꽃과 커다란 황금불상, 그리고 대부분 한국 절에서 볼 수 있는 것들로 장식되어 있었다. 법당에 앉아 있으니 내 마음은 따뜻한 물로 목욕을 하는 듯한 느낌이었다. 우리가 매사추세츠의 명상센터를 떠난 지 어느덧 한 달이 된 때였다. 그때야 비로소 나는 내가 불교 공동체를 얼마나 목말라했는지를 깨달았다.

토론이 끝나자, 이 명상 그룹은 점심을 먹기 위해 야외 테라스로 나갔다. 베트남 신도들이 이들을 위해 맛있는 음식을 준비했다. 프리야와 나는 다오 추안 스님께 정식으로 인사를 드리러 갔다. 스님은 키가 어찌나 큰지 앉아 있는지 서 있는지 알 수가 없었다.

"50년 동안 수행을 하고 있습니다."

스님이 말했다.

"굉장히 오랫동안 수행하셨네요. 처음 시작했을 때 수행하는 사람들이

법문을 하고 있는 다오 추안 스님.

많지 않았겠어요."

내가 응답했다.

"그럼요, 별로 없었지요. 그렇지만 로스앤젤레스에서 일본계 선 그룹을 발견했답니다. 지금은 중국 선 불교로 출가했습니다. 제 은사스님은 무척 엄격하십니다."

스님의 눈이 뿌옇게 보이는 것을 느꼈는데 이는 건강에 문제가 있다는 것을 암시하였다. 내가 이를 눈치채자 다오 추안 스님이 말했다.

"얼마 전에 암에 걸려서 죽을 뻔했답니다. 의사들은 암이 소강상태에 들어 내가 아직도 살아 있다는 데 놀라워합니다."

그러고는 자신의 행운에 웃음을 지었다.

나는 다오 추안 스님이 매우 편안하게 느껴졌는데 나중에 그 이유를 알게 되었다. 스님의 주된 가르침은 편협한 자아, 즉 '에고ego'를 놓아버리는 것이었다. 50년 동안의 수행을 거쳐 스님은 큰 성과를 얻은 것이 분명했다. 스님은 내가 만난 사람들 중에서 가장 자아에 집착하지 않는 사람이었다. 그 결과, 나는 스님 앞에서는 아주 편안했다. 스님의 에고가 나의 에고에 도전하지 않기 때문이었다. 이것이야말로 우리가 남들에게 베풀 수 있는 선물임을 깨닫게 되었다. 마음을 열고, 비판하지 않고, 자아에 집착하지 않음으로써 사람들에게 숨을 돌리고 편안해질 수 있는 여지를 제공해 준다.

일미가 6개월이 된 선재를 돌보는 동안 매주 일요일마다 나는 프리야와 함께 이 절에 나가기 시작했다. 일주일에 한 번, 아무것도 하지 않고 그냥 앉아서 삶에 대해서, 내 삶에 대해서 생각해 보고 이를 음미할 수 있는 시간이었다. 엄마가 되기 전에는 매주 독경과 명상과 같은 재미없는 것에 참석하는 데 이처럼 전념해 본 적이 없었다. 더 재미있는 것들이 얼마

든지 있었다. 그런데 이제 일주일의 대부분을 기저귀를 갈고, 요리하고, 설거지를 하고, 식료품을 사고, 아이들을 의사에게 데려가고, 장난감을 치우고, 밀린 이메일에 답하는 일 등으로 보내기 때문에, 이 반나절이 내가 '스톱' 버튼을 누를 수 있는 유일한 소중한 시간이 되었다. 이런 특별한 전용시간이 없으면 나는 바쁘게 일에 둘러싸여 허둥거리게 되어, 삶에 대한 균형 잡힌 시각을 잃어버리고 신경과민에 빠지게 된다는 것을 발견하게 되었다. 또한 아시아를 여행하면서, 왜 그처럼 많은 어머니들을 절에서 보게 되었는지 그 이유를 이해하게 되었다. 이제 나도 그들 중의 한 사람이었다.

내가 절에 나간 일 년 동안, 대부분 영어를 사용하는 비아시아인 그룹이 베트남 신도들(이들은 대부분 영어를 좀 할 줄 알았다)과 접촉하는 것을 거의 본 적이 없다. 우리는 모두 불자였음에도 불구하고, 두 형태의 불교가 너무 달라서 여러 면에서 공통점이 거의 없었다. 베트남 신도들은 절에 오면 절을 하고 독경을 했다. 서구인들로 구성된 그룹은, 주지인 다오 추안 스님이 독경할 것을 권하는데도 불구하고 명상에만 관심을 가진 것처럼 보였다. 이들 서구 불자들은 대부분 사회적인 이유로 절에 온 것이 아니기 때문에 수행이 끝나면 바로 떠나는 편이었다.

같은 절에서 수행하는 이 두 그룹을 연결하는 다리는 비구니스님들과 다오 추안 스님이었다. 비구니스님들은 명상 수행을 했고 가끔씩 와서 서구인들과 함께 좌선을 했다. 다오 추안 스님은 주지였는데 그가 영어를 하고 법적·행정적인 문제들을 잘 알고 있었기 때문에 절을 대신해 그 지역의 시 정부와 많은 문제들을 놓고 협상했다.

어느 날 절 뒤쪽에 있는 베란다에 서서 나는 '도대체 여기서 뭐가 잘못된 것일까?'라는 생각을 하게 되었다. 열한 살짜리 수다쟁이 베트남 아이인 안토니는 플라스틱 의자에 앉아 머리를 숙이고서 손에 들고 있는 컴퓨터 게임에 완전히 몰두해 있었다. 문 바로 안에서는 세 명의 베트남 비구니스님이 절 신도들의 조상들을 위해 경을 읽고 종을 울렸다. 지난 49일 동안 돌아가신 분이 한 분도 없는데 주말마다 45분간 이 추모의식을 올렸다.

나는 안토니 곁으로 가 앉아서 물었다.

"둑(그의 베트남 이름이다), 절에 오면 뭘 하니?"

"아무 것도 안 해요."

안토니는 눈을 여전히 컴퓨터 게임에 둔 채로 웅얼거렸다. 그러고는 계속 말했다.

"부모님이 오라고 해서요. 그래서 차 뒷자리에 앉아서 그냥 음악 같은 걸 들어요."

"스님들이 일요일 학교나 수업을 통해 너희들이랑 함께하거나 얘기하지 않니?"

"아니요."

안토니는 쳐다보지도 않고 대답했다.

"어느 학교에 나가니?"

"공립학교에 다녔는데 부모님이 이번 가을에 세인트 프란시스로 전학시켰어요."

"가톨릭 학교야?"

"예."

득점 게시판이 갑자기 마음속에 떠올랐다. 가톨릭 일 점 득점, 불교 일 점 실점. 젊고 현대적인 베트남 비구니스님들이 영가를 위한 장기간에 걸친 의례는 공부했지만 어린이나 젊은이들과 함께 일하는 데 필요한 기술 교육이나 후원은 왜 받지 못했는가.

그런데 어느 일요일, 명상이 끝난 후 한 대만인 어머니인 셰리가 내게 다가와서 말했다.

"수미, 어린이 일요일 학교를 시작하고 싶어 한다는 얘기를 스님한테서 들었어요. 저도 그래요. 어떻게 생각해요?"

나는 무척 흥분했다. 셰리와 나는 같은 문제를 가지고 있었다. 우리가 명상을 하기 위해서는 아이들을 위한 프로그램을 찾아야 했다. 우리는 딸들이 불교에 대해 배우기를 원했다. 그래서 스님의 승인을 받고 작은 일요일 학교를 시작했다. 우리 둘 중 한 명이 아이들을 가르치는 동안 다른 한 명은 명상을 했고, 매주 교대를 했다.

오래지 않아 베트남계 미국 아이들이 오기 시작했다. 이들은 명상에 대해 배우고, 게임을 하고, 이들의 주된 언어인 영어로 불교에 대해 얘기하기를 좋아했다. 셰리와 나는 누구를 가르쳐 본 적이 거의 없었지만, 특별한 기술을 필요로 하지 않는다는 것을 금방 알게 되었다. 우리가 어린이들에게 제공할 수 있는 가장 중요한 것은 조용하고 친절하고 사려 깊은 행동의 본보기가 되어 주고 이들에게 관심을 기울이는 것이었다. 한번은 아이들에게 각각 다른 부처님의 무드라Mudra, 즉 수인을 가르쳐 주고는 어른들이 명상을 마칠 즈음 법당으로 들어가서 시무외인과 촉지인 등을 시범으로 보여 주었다. 어른들도 수인을 배우고는 좋아했다.

그러던 어느 날, 절에 나가기 시작한 지 일 년이 되어갈 무렵 나는 계를 받는 것에 대해 생각해 보았다. 그러고는 어느 일요일, 스님께 여쭤 보았다.

"다오 추안 스님, 전법사가 될 수 있도록 제가 계를 받으면 어떨까요?"

"수미가 먼저 이 이야기를 꺼내다니 이상한 일이로군요. 내가 그 문제

셰리, 나, 그리고 일요일 학교 멤버들.

2009년 캘리포니아 주 로스앤젤레스, 국제불교법사회의 법사 수계식.

로 수미에게 얘기를 하려고 했는데 말입니다. 아주 잘 어울리는 일인 것 같습니다."

스님이 흔쾌히 말했다.

스님의 승낙을 받고 나는 스님의 법형제이자 중국 선불교로 재출가한 스리랑카 스님이 운영하고 있는 국제불교법사회에 신청을 했다. 그 사이에 우리 가족은 동부 해안에 있는 노스캐롤라이나 주의 듀럼^{Durham}으로 이사를 했는데 일미가 그곳 듀크대학교^{Duke University}에서 한국 불교와 문화를 가르치기로 되어 있었기 때문이다. 한국 불교로 교수 자리가 생긴 것은 미국에서 듀크대학이 처음이라는 것을 나중에 알게 되었다.

이사한 뒤 그해 8월, 나는 수계식에 참석하기 위해 로스앤젤레스에 있는 국제불교법사회의 본사로 갔는데 불행하게도 다오 추안 스님은 암이 재발해서 항암치료를 받기 위해 투산에 머물 수밖에 없었다. 스님은 함께 가서 내게 새 법복을 직접 건네주고 싶어 했다.

계를 받고 나서 일 년 동안 다오 추안 스님은 내게 많은 조언을 해 주었다. 어려운 결정을 내려야 했을 때 스님께 몇 번 전화를 드렸는데 내가 감사하게 여기는 것은 스님은 선불교의 영향을 받아 옳지 못한 행위는 용인하지 않는다는 것이었다. 이는 내가 많은 시간을 보낸 서구의 테라바다 센터와는 다른 것으로, 그곳의 일부 직원들은 자비를, 해가 되는 행위를 용인하는 것으로 잘못 알고 있었다. 그런 관용의 장점을 든다면, 나쁜 행동을 하던 사람이 큰 자유를 얻고 사랑을 받고 있음을 깨닫게 되는 수가 있는데, 이것이 그들을 변하게끔 도와준다. 그러나 단점은 그런 행동이 공동체 내 사람들의 화합과 수행을 방해한다는 것이다. 듀럼에서 부모들을 위해 새로운 명상 그룹을 시작했을 때, 그런 문제를 일으키는 사람이 그룹에 가입했다.

그의 이름은 마이클이었는데 그는 상냥했지만 자신을 비하하는 경향이 있었다. 그는 경전을 광범위하게 공부해서, 몇 주가 지나자 경전을 무심결에 장황하게 암송하기 시작했다. 나는 그로부터 사소한 문제까지 포함하는 장문의 이메일을 받기 시작했는데 다른 회원들을 위해 할애하는 시간을 다 합친 것보다 더 많은 시간을 그와 대응하는 데 보내야 했다. 다른 회원들은 그가 무슨 말을 하는지 이해할 수 없었기 때문에 자신들이 우둔한 건 아닌가 하는 생각을 하기 시작했다.

몇 주 동안 나는 마이클을 진정시키려고 애썼다. 마이클도 노력했지만 소용이 없었다. 많은 전법사들도 그랬겠지만 나는 어떻게 해야 할지 몰라 다오 추안 스님께 전화를 했다. 스님께 상황을 설명했더니 스님이 웃으면서 말했다.

"그래요, 사람들이 모이면 그런 사람이 있게 마련입니다. 다른 사람들을 위해서 그를 옆으로 제쳐 놓아야 합니다."

이렇게 현실적인 조언을 해 주는 사람이 있다는 게 정말 고마웠다. 결국 마이클은 대부분의 회원들이 불교를 처음 접하는 사람들이어서 자신이 이 그룹과는 맞지 않는다는 것을 깨닫고 아내와 함께 집 가까이에 있는 다른 센터에 가입했다.

그로부터 몇 달 후, 투산의 절 신도 한 사람이 내게 전화를 했다.

"수미, 슬픈 소식이 있어요. 다오 추안 스님께서 일요일에 돌아가셨답니다. 집에서 승복을 입고 계셨는데 그날 돌아가실 거라는 것을 알고 계셨던 것 같아요."

나는 울음을 터뜨렸다. 그렇게 아팠으면서 왜 내게 연락을 하지 않으셨을까.

"마지막으로 한 번이라도 뵐 수 있었다면 달려갔을 텐데. 고마운 마음을 전하고 작별 인사를 하기 위해서라도……."

그러나 나는 스님이 연락하지 않을 것임을 이미 알고 있었다. 스님은 스님이 암에 걸렸다는 것을 우리가 알고 있는데도 걱정 끼친다고 생각하고는 말기암이라는 사실을 아무에게도 얘기하지 않았다. 자아에 대한 집착이 없는 분인지라 사람들이 스님의 일로 법석을 떠는 것을 원치 않았다. 스님의 선물은 우리에게 걱정거리를 주지 않았다는 것이다. 그런데도 스님이 돌아가시기 한 달쯤 전에 보내 온 이메일을 읽고 또 읽으면 가슴이 저려 왔다. 스님은 그 이메일에서 스님의 건강 상태가 하루하루가 다르다는 표시를 전혀 보이지 않았다.

스님이 돌아가신 지 49일이 되는 날, 나는 스님의 좋은 환생을 기원하는 기도를 올렸다. 투산 절에 다니는 열두 살 난 베트남 여학생은 다오추안 스님이 정말 좋은 스님이었기 때문에 환생하지 않을 것이라고 했다.

아버지, 당신을 사랑합니다

아버지와 연락을 끊기 전 마지막으로 아버지를 본 것은 일미를 만난 직후였다. 여동생이 고등학교를 졸업하게 되어 온 식구가 졸업식에 참석했다. 아버지는 강당에서 우리와 멀리 떨어진 곳에 앉아 있었는데 그 당시 어머니와 남동생과 사이가 나빴기 때문이었다. 졸업식 후에 일미와 나는 아버지를 주차장에서 만났다.

"아버지, 한국에서 온 학교 친구 일미예요."

나는 아버지에게 일미를 소개했다.

아버지는 잠시 이야기를 나누고는 일미와 나의 손을 함께 잡고서 "너희 둘이 결혼하기를 바란다"고 말했다. 아버지와의 관계가 좋지는 않았지만 아버지의 승낙이 내게는 아주 중요했다. 아버지는 나의 옛날 남자친구인 매튜나 에린이나 데이비드 또는 그 이전 친구들에 대해서는 별로 중요하게 생각하지 않았다. 이들을 만나 본 적이 없었는데도 말이다. 어머니와 동생들도 일미를 승인했는데 내가 일미를 만나게 된 건 행운이라고 했다. 내가 "일미가 나를 만나게 된 게 행운 아니니?"라고 물으면 그냥 웃기만

했다.

그런데 그 후 몇 달 동안, 언제나 그랬듯이, 아버지와 좋은 관계를 유지하기가 쉽지 않았다. 아버지는 나와 늘 연락을 취할 필요가 있다고 여기는 것 같았는데, 내가 거리를 좀 두려 하면 이를 거절로 받아들이고 화를 냈다. 나는 나 나름의 인생을 살 필요가 있다고 생각했다. 언젠가 한번은 아버지에게 편지를 썼다. "저는 지금 가족 휴가가 필요해요"라고 적었는데 이는 우리가 늘 하던 농담으로 가족과 함께하는 휴가가 아니라 가족으로부터의 휴가를 의미하는 것이었다. 아버지는 이를 달가워하지 않았는데 그때부터 나는 전화도 하지 않고 편지도 하지 않았다. 결혼을 하게 되었을 때, 나는 물론이거니와 다른 사람들도 아버지를 불편해할 것이기 때문에 결혼식에 아버지를 초대할 수 없었다.

아버지와 연락을 끊고 지낸 8년 동안 나는 내면의 목소리에 귀를 기울이고 나 자신에게 좀 더 충실했다. 그리고 참된 나는, 좋든 나쁘든 내 과거와 아버지의 양육으로 이루어진 것임을 알게 되었다. 프리야와 선재가 태어나 내 가족을 이루게 되었고, 이 새 가족에 대한 아내와 어머니로서의 내 정체와 헌신이 확고해서, 내가 아버지와 다시 연락을 한다고 해도 내가 태어나 자란 가족의 문제로 다시는 고통을 겪지 않을 것이라 느꼈다. 또한 내가 아버지와 어려움을 겪었다고 해서 내 아이들이 꼭 같은 경험을 해야 하는 것은 아니었다. 나는 아직 시간이 있을 때 아이들이 할아버지를 알게 되기를 원했다. 용서와 눈물과 사랑이 함께하는 아버지의 임종을 생각해 보았다. 나는 '왜 아버지가 돌아가실 때까지 기다려야 하나? 왜 이처럼 큰 고통을 그때까지 지고 다녀야 하나? 만약 아버지가 갑자기 돌아가시면 어떻게 하나? 그러면 우리 사이의 어려움을 해결할 수 있는 기회를 놓치게 될 것이다'라는 생각이 들었다. 그래서 아버지에게 편지로 일 년에 두 번씩 연락을 하겠다고 알렸다. 아버지는 이를 무척 긍정적으로 받아들였다.

투산에서 생활한 지 일 년이 되어갈 즈음, 나는 전법사가 되기 위한 준비를 하면서 감동을 주는 좋은 영화들이 모두 화해와 용서로 끝을 맺는 것에 대해 생각해 보았다. 여전히 두려웠지만 나의 두려움은 기억과 어린 시절의 나를 근거로 하는 것임을 깨달았다. 내가 이 두려움에 직면하여, 용서하고 성인으로서 아버지와의 관계를 재정립하는 법을 배우지 않는 한 영적인 진전을 기대하거나 거리낌 없이 전법사가 될 수 없음을 깨달았다.

일미와 나는 노스캐롤라이나 주의 듀럼으로 이사하기 전에 여름을 매사추세츠 주의 배리에서 보내기로 했다. 그렇게 되면 우리는 아버지가 살고 있는 곳과는 차로 불과 몇 시간밖에 안 걸리는 거리에 있게 된다. 나는 아버지에게 편지를 써서, 우리가 몇 시간만이라도 직접 만나면 어떻겠느냐고 제안했다. 아버지는 손자들을 처음으로 만나게 되는 것이었다.

아버지를 만나기 몇 주 전부터 나는 우울하고 제정신이 아니었다. 집중도 할 수 없었고, 물건을 떨어뜨리는 등 행동도 서투르기 그지없었다. 정신이 육체와 유리되어 안전한 곳이라고 간주하는 곳으로 도피하는 정신분열이라고 불리는 이런 상태에 대해 나는 잘 알고 있다. 어느 날 오후, 일어날 기력도 없이 소파에 누워 '내가 이 세상에 없었으면' 하는 생각을 했다. 어린 시절에 가끔씩 했던 생각이라 익히 잘 알고 있는 생각의 방법이었다. 아버지를 다시 만나기 전 몇 주 동안 나는 일상생활을 해 나가면서 마음을 집중하고는 이런 감정들이 일어나고 사라지는 것을 관찰했다.

우리는 아버지를 과일과 채소를 팔고 어린이들을 위한 동물농장도 갖추고 있는 농장 매점에서 만나기로 했다. 해가 눈부신 따뜻한 토요일 오후였다. 차를 몰고 가면서 나는 '담담하게 이야기를 들어야지. 울지 말아야지'라고 마음을 굳게 먹었다.

주차장으로 차가 들어서자, 아버지가 탁자의 의자에 앉아 있는 것이 바로 보였다. 미소를 지으며 차 문을 열고 나서자 그만 눈물이 터져 나왔다. "아버지!" 하고 부르면서 나는 아버지를 끌어안았다.

"아버지!"

그러고는 나 자신도 모르게 목이 메어서 울기 시작했다. 아버지는 안쓰럽다는 듯이 웃고는 괜찮다고 하면서 나를 꼭 끌어안았다.

우리는 많은 이야기를 나누었는데 나는 아버지를 만나게 된 것이 기뻤다. 아버지는 아이들을 예뻐했고 우리들에게 아이스크림을 사 주었다. 일미는 아버지에게 아주 정중했다. 지난여름, 북동쪽에 있는 다른 가족들을 만나러 가는 길에 아버지를 다시 만났다. 이번에는 함께 시간을 보내는 것이 자연스럽게 느껴졌다. 우리는 많이 웃었고 아이들은 할아버지의 관심에 좋아했다.

아버지가 나와 내 동생을 키운 방식에 대해 후회하고 있다는 것을 안다. 수백 번도 넘게, 여러 방식으로 사과를 했다. 아버지는 젊었을 때 정신적으로, 그리고 감정적으로 어려움을 겪었음을 인정했다. 아버지도 세월이 지나면서 성장했고 변했다. 많은 부모들이 자신들의 잘못을 부인하고 살아가고 있으며, 성인이 된 자녀들을 스스로 문제를 해결하도록 내버려 둔다는 것을 알고 있기 때문에 나는 이에 감사한다. 이 이야기의 결말이, 잔잔한 음악을 배경으로 맑고 푸른 호숫가에 지고 있는 아름다운 석양과 같다는 인상을 남기고 싶지는 않다. 하지만 지난 2년간에 걸친, 아버지와의 관계를 개선하고자 하는 노력이 치유를 향한 긍정적인 출발점이 되어 주었다.

지금은 우리가 어렸을 때 아버지가 한 말이나 행동이 아버지 자신의 어려움을 표현한 것임을 이해한다. 내가 그 고통을 받기는 했지만 나와는 아무런 상관이 없는 것이었다. 어느 법사가 "사적인 것은 하나도 없다"라고 했는데 지난 몇 년 동안 나는 이 말이 진실임을 관찰하려고 노력해 왔다. 누가 나더러 나쁜 사람이라고 하더라도, 이 말이 나에 관한 것이라기보다는, 이 말을 하는 사람이 겪고 있는 고통을 표현한 것일 뿐이다. 아버지가 화를 내거나 걱정할 때, 나는 이를 아버지가 화를 내고 걱정하는 것으로 본다. 내가 이를 야기했다거나 내가 이를 완화시킬 수 있다고 생각하지 않는다. 어머니의 경우도 마찬가지이다. 부모님들의 내면적인 문제에 대해 내가 할 수 있는 일은 별로 없으며, 이들을 있는 그대로 받아들이고 사랑하는 것 외에는 내가 더 이상 도움이 되지 못한다는 것을 깨닫게 되자 마음이 아주 편안해졌다. 또 내 마음을 바꾸면 남들의 마음도 바뀐다는 대행 스님의 조언도 깨닫게 되었다. 내가 사랑하고 수용하는 속에서 부모님과 함께할 수 있게 되면, 부모님들도 나와 함께할 때 더 편안하고 즐거워한다는 것을 알게 되었다.

마음 편한 절에서 보낸 몇 달

프리야와 선재의 학교 가는 길.

과거 선원에서의 체험(법당 부처님의 온화한 미소, 대중공양, 독경)은 어린 내 마음에 깊은 인상을 남겼다. 나는 내 아이들도 구제불능의 10대가 되기 전에 이런 불교 전통을 체험하게 되기를 바랐다. 일미의 절친한 친구인 하림 스님이 여름 몇 달 동안 우리 가족을 한국의 부산에 있는 절로 초대해 나의 이런 바람이 이루어졌다.

미타선원은 부산시 중구 광복동에 있는 용두산 중턱에 자리 잡은 도심 속의 절이다. 대부분의 건물이 현대적이지만 꼭대기 층에는 전통적인 법당이 있는 소담한 절이다. 우리는 하림 스님이 주지로 있는 절에 우리 가족이 묵으면 혹시라도 절 신도들이 불편할 수도 있을 것 같아 절 근처에 있는 아파트에 자리를 잡고 절의 일상적인 일과에 참여하기 시작했다. 예상했던 대로 프리야와 선재는 법당을 무척 좋아했다. 선재는 목탁을 처음 보았는데도 바로 리듬을 맞추어 치기 시작했다. 무엇보다 내가 중요하게 여겼던 것은 아이들이 비구니스님인 희상 스님과 현문 스님, 성밀 스님 그리고 하현 스님을 무척 따랐다는 것이다. 한국말은 하지 못했지만 아이들은 장난을 치면서 직원들의 다리 사이를 헤치고 다녔고, 직원들은 아이들에게 몇 마디 영어를 하려고 애썼다.

프리야와 선재가, 가구와 물건들로 가득 찬 방들도 없고 남을 위해 봉사하며 하루 중의 일부를 조용히 명상하는 것으로 보내는 것을 소중히 여기는, 전혀 다른 생활 방식으로 살아가는 사람들은 볼 수 있게 되어서 기뻤다. 출가자들을 불교의 대변인으로 삼는 것이 불교를 위해서 필수적이라 생각하는데 그 이유는 불교 가르침의 핵심이 바로 무욕renunciation이기 때문이다. 이런 역할모델이 없다면 우리는 길을 잃게 될 것이다.

내게 법복을 맞춰 주고 있는 절 신도님들.

그런데 절이라는 환경에서 발생한 문제 중의 하나가 프리야와 선재가
관심의 초점이 되고 보니 아이들이 그 환경에 금방 물들게 된다는 것이었
다. 경쟁이 되는 아이들이 하나도 없었기 때문에, 프리야와 선재는 절 직
원은 물론이고 절에 나오는 모든 신도님들로부터도 선물과 애정을 독차
지했다. 그 결과 프리야는 사람들에게 달려가 칭찬받기를 기다리며 서 있
는가 하면, 선재는 허락도 받지 않고 남의 가방을 열고는 사탕을 찾곤 했
다. 이는 내가 선 센터에서 자라면서 겪은 것과는 정반대였는데, 거기서
는 언제나 아이들이 많았기 때문에 아무도 우리를 특별하다고 생각하지

크리스 퀸 교수님과 일미 스님. 부산에서.

않았다.

　한 가지 재미있었던 것은, 일미와 내가 만나게 된 인연이 되었던 수업을 가르쳤고 결혼식 때 축배를 제의했던 크리스 퀸 교수님이 같은 해 여름, 회의 참석차 한국에 와 계셨다는 것이다. 교수님은 절에 와서 하림 스님과 직원들이 함께 절을 운영하는 대안적인 모델, 즉 주지스님이 하는 일을 둘로 나누어 한 사람은 절 운영 감독을 맡고 다른 사람(하림 스님)은 정신적인 스승 역할을 하는 것에 관한 이야기를 나누었다.

　하루는 두 보살님이 와서는 나를 데리고 나가고 싶다고 했다. 그러고는 한참 운전을 하더니 승복점 앞에 차를 세웠다. 재단사와 두 보살님이 나를 앞에 세워 놓고는, 내가 미처 눈치를 채기도 전에 내 옷 치수를 재고는 서로들 이야기를 나눴다. 색깔과 스타일과 한 벌을 맞출 것인지 두 벌을 맞출 것인지를 두고 몇 가지 결정해야 할 것이 있었다. 나는 어쩔 줄 몰라 했는데 보살님들을 제지할 수 없었다. 몇 주 후 보살님들 중 한 분이 가방을 들고 우리가 묵고 있는 아파트에 오셨다. 가방 안에는 A자 스타일의 회색과 푸른색의 법복 두 벌이 들어 있었다. 옷은 내게 아주 잘 맞았고 손으로 공을 들여 만든 것이었다. 점심 때 나는 회색 법복을 입고 보살님들과 함께 공양을 했다. 내 그릇을 씻으려고 일어서자 소란스럽던 공양간이 갑자기 조용해지더니 수미가 이렇고 수미가 저렇다는 말이 들려왔고 나는 금방 무슨 일이 일어나고 있는지 눈치챘다. 나는 돌아서서 내가 런웨이에 있기라도 하듯이 패션쇼를 했다. 모두들 웃음을 터뜨렸다. 절 신도들은 절에 어울리는 법복을 입고 있는 나를 보고 자랑스러워했다.

이는 절 신도와 직원들이 보여준 많은 친절과 관대함 중의 하나일 뿐이다. 몇 달 후 떠날 때가 되었을 때 우리는 모두 서운한 마음을 감출 수 없었다.

이야기, 서른둘

수미의 심중

2005년 말레이시아.
일미와 나는 10대들을 위한 명상 수업을 시작하기 전에 독송집을 검토하고 있다.

얼마 전 공원에서 한 아이 엄마한테 일미와 내가 최근에 다퉜다고 말한 적이 있다.

"불교를 믿는 사람들도 다투나요?"

그 엄마가 놀라서 되물었다.

"물론이지요!"

몇 주 후, 세 살짜리 딸 때문에 무척 힘들어하고 있던 한국인 기독교인 엄마가 내가 불자인 것을 알고는 내게 물었다.

"아이들한테 큰 소리 치지 않지요?"

독자들도 둘 중 한쪽이 스님인 두 불자로 이루어진 가정은 텔레비전에서 보는 것처럼 이상적인 결혼생활을 할 거라 생각할지도 모른다. 환상을 깨뜨려서 미안하지만 우리의 결혼생활도 부모 노릇도 어느 결혼생활 못지않게 복잡하다. 우리는 최근 집안일로 말다툼을 했다. 식탁을 닦는다거나 쓰레기를 내다버리는 일 등 자기가 하겠다고 해 놓고는 약속을 안 지켜서 속이 상한 내가 일미에게 투덜댔다. 일미는 자기가 하기로 한 집안일을 적어도 70퍼센트는 한다고 맞받아 대꾸했다.

"C학점이 괜찮은 학점이에요? 당신이 C학점을 받아도 괜찮다고 할 수 있는 분야가 있어요?"

내가 말했다.

말다툼을 한참 하고 난 뒤에 일미는 자기가 맡은 집안일을 70퍼센트가 아니라 90퍼센트 정도는 하는데 내가 70퍼센트만 하는 걸로 보는 것이라 주장했다.

"꼭 잘해야만 하는 이유가 뭐예요?"

일미가 다그쳤다.

"제대로 하지 않으면 내가 당신 대신 해야 하니까 그렇죠. 내가 할 일이 아무 것도 없는 줄 아세요?"

우리는 둘 다 너무 화가 나 있어서 조용하게 다시 얘기할 수 있으려면 서로 떨어져서 열을 좀 식혀야 했다.

몇 주 전에는 신입생들에게 명상을 가르치는 방법을 두고서도 일미와 나는 한바탕 크게 다퉜다. 일미는 듀크대학에서 학부 과정을 가르치고 있는데 학생들에게 명상하는 법을 가르쳐 달라고 나를 수업에 초대했다. 수업 준비를 하기 위해 나는 지난 두 달간 학생들이 뭘 공부했는지 물었다. 그러고는 일미의 대답에서, 수업 중에 다룬 내용이 대부분 명상체계에 관한 연구로 명상체계에서 볼 수 있는 문화적인 영향, 권위에 관한 문제 등이었음을 알게 되었다. 나는 몹시 화가 나서 쏘아붙였다.

"한 달을 꼬박 명상을 완전히 분석하는 데 보냈으니 이제 불쌍한 학생들에게는 아무 것도 남은 게 없겠네요! 분석할 수 있는 실질적인 체험도 없는데 분석을 하다니 그게 현명한 처사예요? 이 마당에 내가 명상법을 가르치게 되면 학생들에게 의혹과 비판을 심어줄 뿐이라고요."

일미는 내가 가르칠 줄도 모른다고 자기를 비난했다며 몹시 화를 냈다. 나는 지나치게 불교를 신봉하고 있으며 학생들을 종교를 믿도록 만드는 것은 현명하지도 못할뿐더러 대학 교육의 목적도 아니라고 주장했다. 다툼은 15분간이나 계속됐고 나는 한 시간이 지나도록 화를 삭이지 못했다. 우리가 다른 것도 아니고 명상에 대해 말다툼을 했다는 게 나중에는 우습기만 했다.

하지만 우리가 늘 심각하기만 한 것은 아니다. 흔치 않은 남편과 아내 간의 선문답을 하나 소개한다.

한번은 일미가 "한 시간 동안 명상하러 간다"고 해서 내가 물었다.

"명상을 어떻게 하는데요?"

"공안이오."

"당신 공안이 뭔데요?"

"음, 수미의 심중."

"당신은 벌써 깨달음을 얻었소."

우리 둘은 웃음을 터뜨렸다.

우리 집 일상사의 90퍼센트는 먹을거리를 사고, 요리하고, 뒷정리하고, 아이들에게 책을 읽어주고, 목욕시키고, 스케줄을 짜고, 차를 언제 누가 쓸 것인지 정하고, 어디에다 돈을 쓸 것인지를 결정하는 등 하루 계획을 세우고 이를 실행하는 것이다. 평범하기 그지없는 일들이다. 이런 것들로 인해 나는 황홀한 사랑에 빠진 사람과 결혼하기보다는 같이 일을 조화롭게 해 나갈 수 있는 사람과 결혼해야 한다는 것을 배우게 되었다. 같은 사무실에서 일하는데 마음이 잘 맞는 사람이어야 한다. 물론 사랑도 좋지만, 살아가면서 함께하는 데 필요한 모든 것들에 의견을 같이하고 협조할 수 있어야지 그렇지 않으면, 사랑은 쉽게 좌절과 분노와 주도권 다툼으로 그 빛을 잃게 될 것이다.

우리 부부가 둘 다 불자라는 게 중요한가? 우리는 그렇다고 본다. 일미는 법사로서 내가 하는 일을 자랑스럽게 여기고 이를 전적으로 보조해주고 나도 일미가 불교학자로 일하는 것을 자랑스럽게 여기고 전폭적으로 후원을 해 준다. 남편이 승려로서 다른 이들을 위해 불법을 가르치게 되더라도 이를 뒷받침해 줄 것이다. 우리는 늘 강연, 논문, 회의, 워크숍 등에 관해 의견을 나누는데 이는 미국인 여성이자 테라바다 불교의 재가신자로서, 그리고 한국인 남성이자 승려인 각자의 배경을 바탕으로 하는 것이다.

함께하기

듀럼 불자가족들과 함께.

오랫동안 나는 적지 않은 사람들로부터 법사가 되라는 제안을 받고도 모른 체해 왔다. 내가 어린 시절에 겪었던 선원의 스승이라고 하는 사람이 사실은 오합지졸에 불과했고, 정신적인 스승들이 자신의 권한을 남용하고 제자들을 기만하는 것을 가까이서 직접 체험했기 때문이었는데 특히 여성들이 이런 굴욕적이고도 부정적인 상황에 빠지게 되는 수가 있다. 언젠가 몇 명의 불교계 스승들을 무대 뒤에서 직접 살펴볼 기회가 있었는데 이들이 상스럽고 오만하고 사려 깊지 못하고 남에게 해가 되는 행동을 하는 것을 보았다. 나는 이런 사람들과 같은 무리가 되고 싶지 않았다. 게다가 불교와 명상에 대해 더 배울수록 내가 얼마나 무지하고 수양이 부족하며 깨치지 못한 존재인가를 절실히 느끼게 되었다. 그런데 어떻게 내가 가르칠 수 있단 말인가?

법사가 되지 않으려고 했는데도 나는 오히려 더 많이 가르치게 되었다. 명상에 대해 좀 알고 있고 이를 남들에게 가르치고자 하는 사람들이 부족했던 모양이다. 또 한편으로는 사람들이 정신적으로 목말라하는 것 같아서 내가 작지만 도움을 줄 수 있을 것이라 생각했다.

더 많은 가르침을 펴기 시작하면서 나는 가르친다는 것에 대해 내가 잘못 생각하고 있었다는 것을 깨닫기 시작했다. 우선 이것은 '나'의 가르침이 아니라 수세기에 걸쳐 수승한 학자들에 의해 정리되고 번역된 부처님의 가르침이다. 나는 이를 전하는 사람일 뿐이다. 이 가르침은 너무나 오묘해서 내가 이를 서툴게 제시한다고 해도 사람들은 여전히 가르침을 받고 지혜를 얻게 될 것이다. 내가 할 일이라고는 착한 사람이 되고자 노력하고, 부처님의 가르침을 구현할 수 있도록 평정을 유지하고, 사랑하는 마음으로 최선을 다하는 것뿐이다. 이렇게 해서 나는 겸손한 마음을 잃지 않으면서도 자신감을 가지고 가르칠 수 있게 되었다.

강의를 하기 전에 나는 언제나 부처님, 불보살 그리고 내 수호신들에게 기도를 올리고 내가 가르치게 될 사람들에게 합당한 이야기와 응답을 할 수 있는 재주를 주십사 하고 청했다. 홍미로운 것은 가끔 무척 긴장하여 할 말을 찾지 못해 허둥거리곤 했는데, 지난해 가르침에 관한 내 생각을 바꾼 이후로는 말이 좀 더 유연하고 명확하게 나왔다. 이와는 반대로 '내가 정말 잘 하고 있구나'라는 생각을 하게 되면 금방 나는 자신감을 잃고 말문이 흐려진다.

한때 대형 담배회사가 있던 소도시 듀럼에 자리를 잡고 나서 일미와 나는 투산에 있는 절처럼 아이들도 환영하는 불교사찰이나 명상 그룹을 찾기 시작했다. 가족적인 성향을 지닌 절이라고는 원불교 사찰뿐이었다. 교무님들은 뛰어난 스승들로 우리를 따뜻하게 맞아 주었다. 하지만 가족을 대상으로 하는 정기적인 프로그램이 없고, 우리가 시간을 낼 수 있는 유일한 시간인 일요일 아침에는 가족 프로그램이 없었다. 다른 불교 그룹들은 모두 성인을 대상으로 했고 대부분의 회원은 아이들이 다 성장해 독립한 이들이었다.

3월에 나는 듀럼 불자가족 모임을 시작했다. 일요일 아침에 열린 첫 모임에는 다섯 가족이 함께했는데, 이들 중 한 가족의 집에서 모임을 가졌다. 어른들이 명상 수행을 하고 부모로서 우리들의 생활에 불교를 접목시키는 방법에 대해 이야기하는 동안 아이들은 미술공부를 하였는데 한 아버지가 자원해서 불교에 관해 아이들을 가르쳤다. 모두들 모임을 좋아했고 몇 달 만에 열두 가족으로 모임이 확대되었다. 모임의 부모들은 모두 사랑이 넘치고 사려 깊고 개방적인 사람들이었는데 대부분 요가나 스트레스 감소 기법 등을 통해 명상을 해 본 적 있는 이들이었다.

그런데 이 그룹을 지도하는 데 어려웠던 점이 하나 있었는데 대부분의 회원들이 불교신자가 된다거나 심지어는 불교에 대해 배우기를 원치 않는다는 것이었다. 이들은 더 좋은 부모가 되는 한 방편으로, 그리고 개인적인 심리학으로서 명상 수행을 원한다고 했다. 부모들 중의 몇 명은 불상과 독경과 불교의식에 대해 거북스러워했다. 한번은 내가 여러 가지 미덕 중 겸양과 공경하는 마음을 함양하는 방법으로 절을 시작해 보면 어떻겠느냐는 의견을 냈는데, 한 엄마가 자기 아이가 스승이나 부처보다

열등하다는 생각을 하게 할 수는 없다며 심하게 반대를 했다. 이 엄마는 가톨릭교의 정서 아래에서 성장했는데 교회에서 목격한 권위의 남용에 상처를 받았다고 했다.

불교 전통에 관한 한, 사람들이 편안하게 느끼는 것에서부터 시작해 내가 필수적인 것이라 여기는 명상과는 관련 없는 요소들로 서서히 이끌어 가야 한다는 것을 깨달았다. 명상 수행을 통해 이들이 불교가 얼마나 놀라운 전통인지를 결국 깨닫게 되어 계율과 독송, 불교의 설화 등이 고려해 볼 만한 가치가 있는 것임을 알게 될 것이라 확신한다.

어린이들을 위해 좀 더 틀이 잡힌 교육 프로그램을 시작하려고 했을 때 나는 또 다른 어려움에 봉착했다. 부모들은 아이들에게 종교로서의 불교를 가르치는 것에 반대했다. 마음챙김mindfulness을 함양하고, 게임을 통해서 공동체 의식을 계발하고, 윤리와 행동에 관해 가르치는 데 초점을 두고, 끝에 가서 불교적인 요소를 조금 가미하는 것으로 교과 과정을 재편해야 했다. 부모들은 또 돌아가면서 아이들을 가르치는 것을 달가워하지 않았다. 이들 중에는 이 모임이 아이들을 위한 것이 아니라 어른들을 위한 것이니 아이 돌보는 사람을 고용하자는 이도 있었다. 나는 그렇게 하지 말자고 부모들을 설득해 보기로 했다.

"우리 부모들은 누구나 아이들이 자라서 현명하고 자비롭고 관용을 베

2010년 5월, 부처님 오신 날 케이크 공양.

풀기를 바라며, 그런 정신적인 측면을 닦아 가기를 바랍니다. 그렇지만 이런 일이 그냥 생기는 것은 아닙니다. 아이들이 어릴 때 어른들이 함께 모여서 씨를 심어 주는 것에서 비롯됩니다. 또 이는 부모가 아닌 다른 사람이 정신적인 삶에 대해 아이들을 가르칠 때 더 쉽게 성취될 수 있습니다. 우리가 아이들을 가르치는 것이 바로 그룹의 모든 아이들에게 줄 수 있는 선물입니다. 다른 부모가 가르칠 때는 여러분의 자녀들도 이들로부터 같은 선물을 받게 됩니다."

이 이야기를 한 후, 부모들 간에 서로 돌아가면서 일 년에 한 번씩 4주 동안 아이들을 가르친다는 데 반대하는 사람은 없었다.

반 년 후, 다시 나는 가족모임을 시작할 때 절하는 것을 제시했는데 모임의 회원들이 긍정적인 반응을 보였다. 이번에는 절을 우리 모두가 지니고 있는 내면의 부처님께 공경 드리는 것으로 설명했다. 일부 부모들은 명상을 통해 큰 혜안을 얻게 되어 이것이 단순한 심리학적 차원의 무엇이 아니라 자유와 깨침을 향해 가는 참된 길임을 이해하기 시작했다. 또한 부모들은 아이들이 우리가 부르는 노래와 부처님의 생애에 관한 아름다운 이야기에 대해 배우기를 좋아한다는 것을 알게 되었다.

거기다 또 흥미롭게도 자녀가 없는 사람들도 이 모임에 나오기 시작했는데, 이들은 가족적인 분위기와 아이들의 끊임없는 활기, 그리고 아이들이 함께함으로써 비롯되는 재미있고 비공식적인 스타일의 불교에 매료되었기 때문이었다. 서구 미국인들에게는 이런 가족적인 성향을 지닌 공동체가 별로 없기 때문에, 미국 내에 있는 몇 개의 공동체와 더불어 우리 모임이 부모들로 하여금 유사한 그룹을 결성하게 하는 데 자극이 되어 주기를 바란다. 두 명의 불교학자에게 내가 가족지향적인 그룹을 결성했다고 했더니, 두 분 다 이것이 불교가 미국에서 토착화되고 있음을 대변하

듀크불교학생회 회원의 이야기를 듣고 있는 회원들과 나.

는 것이라고 설명했다.

나는 또 정기적으로 명상과 토론을 하는 듀크대학 학생들(불교에 대해 조금 알고 있는 학생들도 있고 불교를 처음 접하는 학생들도 있는)의 모임인 듀크불교학생회의 지도법사이기도 하다. 아시아인이거나 아시아계 미국인인 학생들도 있고 미국인 학생들도 있다. 그래서 이들은 두 가지 서로 다른 방향으로 몰려가는 성향이 있다. 불교에 관해서 배우기보다는 명상을 원하는 이들이 있는가 하면, 또 다른 학생들(대부분 아시아 학생들)은 명상과 더불어 불교에 대해 좀 더 알고 싶어 한다. 이런 측면에서, 내가 두 가지 불교를 다 체험해 보았기 때문에 학생회를 조화롭게 이끌어 가는 방법을 찾는 데 도움이 된다.

한번은 말레이시아 학생이 모임에서 불교에 관해 이야기를 했는데 팔리어를 너무 많이 사용하는 바람에 초심자들은 그가 무슨 이야기를 하는지 이해하지 못했다. 서구 학생 한 명은 그 학생이 그가 알고 있는 것을 사람들에게 과시하려고 어려운 팔리어를 썼다면서 내게 불만을 토로했다. 나는 이 학생에게 말레이시아 학생이 의도적으로 그런 것이 아니라, 말레이시아에서 받은 법사양성교육에서 팔리어를 사용해 특정한 방식으로 불교를 가르치도록 훈련 받았기 때문이라고 설명해 주었다.

듀크대학 학생들과 함께하는 이 시간이 내게는 아주 소중한데, 이 시기의 학생들은 많은 중요한 의문과 위대한 꿈들로 가득 차 있으며, 또한 불교가 이런 의문들에 대해 적절한 답을 제공할 수 있다는 것을 새삼 깨닫게 되기 때문이다.

이야기, 서른넷
이제는 봉사할 때

내가 지금까지 배운 것에 관해 장황하게 늘어놓는 것으로 이 책을 마무리 지으려 한다면 어리석은 일이 될 것이다. 그러나 짧기는 하지만 대단히 풍요로웠던 35년간에 걸친 체험의 결과로 내가 믿게 된 것에 대해 얘기해 볼 수는 있을 것이다.

먼저, 우리는 어떤 체험이든지 이로부터 배울 수 있다는 것이다. 좋은 일이든 나쁜 일이든 흥미로운 일이든 어떤 일이든 간에, 이들이 별 볼 일이 없거나 무의미한 것은 절대 아니다. 아버지는 소크라테스를 자주 인용하곤 했다. "성찰하지 않는 삶은 살 가치가 없다." 이는 뒤집어 놓아도 진실이다. 성찰하는 삶은 참으로 살 가치가 있다. 내게 있어서 이런 성찰은 지금 현재 순간의 체험에 마음을 집중하는 데서 비롯된다.

내 삶을 돌이켜 볼 때, 내가 두 번째로 깨달은 것은, 내 삶이 다른 이들의 삶과 엮여 있다는 것이다. 모든 일들은 관계를 통해, 남들의 말과 그들이 보여 주는 친절과 보살핌을 통해 일어난다. 명상센터에서 행정요원으로 일하고 있을 때, 나는 할 일이 잔뜩 쌓여 있는데 사람들은 내 사무실로 와서 장시간 이야기하곤 했다. 그만 가 버렸으면 하는 생각에 마음이 조급해지면 나는, "내가 임종을 맞았을 때 무엇이 내게 더 소중할 것인가. 기부자 명단 작성을 끝마쳤다는 것과 내가 이 사람 이야기에 귀를 기울이고 잘 응대했다는 것 중 어느 것이 더 중요한가"라고 자문해 보곤 했다. 그래서 지금도 내 삶에 있어서 내가 아주 소중하게 여기는 것은 내 인간관계의 질이다.

나는 일생 동안 여러모로 불교와 함께해 왔으며 모든 체험이 내게 배움의 계기가 되어 주었다. 여러 친구들과 후원자들과 남편과 스승들로부터 많은 도움을 받은 나는 이제 남은 생애 동안 재가법사로서 다른 사람들을 위해 봉사하고자 한다. 이제 회향할 때가 되었다.

감사의 말

듀크불교학생회 회원들.
한국의 재가불자들이 보시한 염주를 손목에 차고 보여주고 있다.

대형 프로젝트가 그렇듯이, 책을 쓴다는 것도 많은 사람들의 뒷받침 없이는 불가능한 일이다. 부산 미타선원의 하림 스님과 신도들은 물론 뉴욕 태펜Tappan에 있는 불광선원의 휘광 스님과 신도들에게 감사드린다. 초고를 읽고 제때 유용한 의견을 제공해 준 분들은 혜민 스님, 김장일, 윤정, 프랭크 테데스코Frank Tedesco 박사님이다. 이 책을 번역해 준 임진숙 님께도 깊은 감사의 마음을 전한다. 영문본을 편집해 준 지니 말그렌Jeanne Malmgren에게도 고맙다는 인사를 드린다. 또한 이 책을 써 줄 것을 요청하고 끝까지 애써 주신 클리어마인드 대표와 직원들에게도 감사드린다.

이 책의 일부는『샴발라 선Shambhala Sun』과『이스턴 호라이즌Eastern Horizon』 잡지에 기고되었던 글과『붓다 그 첫 만남The Buddha's Apprentices』(2005년 위즈 덤출판사 발간)에 실린 글을 다소 수정한 것들이다. 이 글들을 책에 포함시 킬 수 있도록 허락해 주신 모든 분들께 감사드린다. 마지막으로 일미의 격려와 확신과 끊임없는 후원이 없었더라면 이 책을 쓰지 못했을 것이다.

2011년 5월 미국에서

수미, 일미를 만나다

| 인쇄_ 2011년 7월 25일 | 펴냄_ 2011년 8월 1일
| 지은이_ Sumi Loundon | 펴낸이_ 이태호
| 펴낸곳_ 클리어마인드 (주)지오비스 | 등록번호_ 제 300-2005-54호
| 주소_ 서울시 종로구 수송동 58 두산위브 736호 | 전화_ 02)2198-5151 | 팩스_ 02)2198-5153
| 디자인_ 현대북스 051)244 -1251
| ISBN 978-89-93293-27-2 03810

정가 15,000원